이 책에 사용된 그림은 구스타프 클림트의 작품입니다.

7쪽 Gustav Klimt, Beethoven Frieze: Hymn to Joy (detail), 1902
8쪽 Gustav Klimt, Judith I, 1901
9쪽 Gustav Klimt, Portrait of Adele Bloch-Bauer I, 1907
22쪽 Gustav Klimt, Portrait of Marie Breunig, 1894
23쪽 Gustav Klimt, Two studies for the floating figures of the "Desire for Happiness" in the "Beethoven Frieze", 1902
35쪽 Gustav Klimt, The Kiss, 1907-08
42쪽 Gustav Klimt, Portrait of Helene Klimt, 1898
43쪽 Gustav Klimt, Portrait of Mäda Primavesi, c. 1912
55쪽 Gustav Klimt, The Girl-Friends, 1916-17
66쪽 Gustav Klimt, Mother with Children, c. 1909-10
67쪽 Gustav Klimt, The Three Ages of Woman, 1905
86쪽 Gustav Klimt, Water Serpents I, 1904-07
87쪽 Gustav Klimt, Danae, 1907-08
98~99쪽 Gustav Klimt, Music I, 1895
109쪽 Gustav Klimt, Baby (Cradle), 1917-18
115쪽 Gustav Klimt, Farm Garden (Flower Garden), 1905-06
122쪽 Gustav Klimt, Island in the Attersee, 1902
123쪽 Gustav Klimt, On Lake Attersee, 1900
137쪽 Gustav Klimt, Fir Forest I, 1901
143쪽 Gustav Klimt, Portrait of Rose von Rosthorn-Friedmann, 1900-01
144쪽 Gustav Klimt, Litzlberg on the Attersee, 1914-15
145쪽 Gustav Klimt, Litzlberg on the Attersee, 1915-16
표지·178쪽 Gustav Klimt, Death and Life, 1916
179쪽 Gustav Klimt, The Virgin, 1913

와락

꽉 안아주고 싶은,
온몸이 부서지도록

월간
정여울

천년의상상

차례

꽉
안아주고
싶은,
온몸이
부서지도록

들어가는 말

와락, 누군가를 꽉 안아주는 아름다운 몸짓

　　　　　　　　　살아 있는 생명체가 만들어내는 수많은 동작들은 저마다 아름답지만, 나는 한 존재가 다른 존재를 따스하게 안아주는 포옹이야말로 가장 아름다운 몸짓이라고 생각한다. 와락, 누군가가 누군가를 안아줄 때, 우리의 몸은 부드럽고 따스한 곡선들로 가득해진다. 팔은 둥그렇게 대상을 감싸고, 평소에 뾰족하게 솟아 있던 어깨라도 누군가를 안아줄 때는 둥글둥글하게 모난 곳이 사라진다. 포옹을 받는 쪽에서도 이쪽을 함께 안아줄 땐 더욱 아름다운 몸짓의 실루엣이 그려진다. '살포시' 감싸 안는 정도가 아니라 그야말로 '와락' 껴안는 느낌을 주는 깊은 포옹에서는 '저 사람이 나를 진실로 사랑하고 있구나'라는 애틋한 감정을 느낄 수 있다. '살며시', '부드럽게' 감싸 안는 포옹에 비하면, '와락'은 훨씬 강렬하고 갑작스러우며 열정적인 느낌을 자아낸다. 클림트의 「키스」는 키스의 아름다움을 극대화한 작품이기도 하지만 내 눈에는 '사람과 사람 사이의 포옹이라는 것이 이토록 아름다운 것이구나' 하는 깨달음을 선사해준 작품으로 다가왔다. 마치 포옹이라는 몸짓을 처음으로 발명해낸 것처럼, 「키스」 속의 두 연인은 아름답고 처절하게 서로를 격정적으로 끌어안고 있다.

　나는 '안다'라는 단어보다 '느끼다'라는 단어를 더 좋아한다. 서로 바라보면서 의견을 나누는 것은 상대를 아는 데 도움이 되지만, 포옹을 하거나 손을 잡는 등의 친밀한 접촉을 통해서는 그 사람이 말하지 않는 것까지도 더 깊이 느낄 수 있을 것 같다. 언어로만 소통하던 사이에서 포옹을 하고 나면 한껏 친밀한 느낌을 받는 이유도 포옹은 '앎'을 넘어 '느낌'을 향해 도약하는 몸짓이기 때문이 아닐까. '언어'는 '이해'와 밀접하지만, 포옹을 비롯한 신체적 '접촉'은 '느낌'과 더욱 깊은 연관성을 가진다. 깊은 포옹은 아무하고나 나눌 수 없으며 매우 친밀한 관계에서만 가능한 몸짓이다. 언어로 소통하기 어려운 동물과도 '포옹'을 통해서는 종의 차이를 뛰어넘는 깊은 사랑을 표현할 수 있다. 강아지나 고양이는 물론 말이나 소까지도, 인간의 포옹이 지니는 따스한 사랑의 의미를 '이해'는 못 하더라도 '감지'할 수는 있다. 소중한 존재를 와락 껴안을 때 우리는 그에 대한 '앎'을 넘어 그에 대한 '느낌'의 바다로 노 저어나갈 수 있다.

누군가를 깊이 안아준다는 것은 그의 존재를 있는 그대로의 모습과 향기 그대로 온전히 받아들이는 것이다. 의례적인 포옹이 아닌 깊고 따스한 포옹은 이성의 장벽을 뛰어넘어 감성의 차원으로까지 관계의 가능성을 확장시킨다. 원초적 포옹의 아름다움을 보여주는 장면 중에서 가장 강력한 이미지 중 하나는 2007년 이탈리아 만토바 부근의 신석기 시대 유적지에서 발견된 '서로 포옹하는 유골'의 모습이다. 무려 5,000여 년 동안 서로 포옹하고 있었던 이 아름다운 유골을 보며 나는 이런 생각을 했다. 만약 어쩔 수 없이 죽음을 맞이해야 한다면, 저렇게 사랑하는 사람과 포옹을 하는 채로 죽음을 맞는 것이 가장 행복한 길이 아닐까. 가장 사랑하는 사람이 곁에 있고 그와 같은 시간에 죽을 수 있다면 그가 나를 땅속에 묻거나 어딘가에 뿌리고 혼자 집으로 돌아가는 고통을 겪게 하지 않아도 되니까.

꼭 사랑이 아니더라도 우정과 배려와 존중의 포옹이 더 많아졌으면 좋겠다. 포옹에 부담을 느끼지 않고 사람과 사람의 껴안음을 오해하지 않는 그런 보편적 따스함의 공감대가 형성되었으면 좋겠다. 와락 당신을 껴안는 순간, 우리는 각자의 개체로만 존재하는 것이 아니라 너와 나 사이에 보이지 않는 제3의 무언가가 존재하기 시작함을 깨닫는다. 포옹을 하면, 그 사람을 많이 아끼고 많이 애틋하게 여겨야만 느낄 수 있는 깊은 공감의 아우라 같은 것이 우리 두 사람 사이에서 피어나 존재와 존재 사이에 보이지 않는 아름다운 사다리를 놓는 듯한 행복한 착시가 느껴진다. 이것은 단지 환상만이 아닐 것이다. '앎'의 영역이 아니라 '느낌'의 영역으로 이전하는 순간, 우리는 과학과 이성을 뛰어넘는 감성과 무의식의 영역으로 자신의 경계를 확장할 수 있다. 포옹의 순간은 번짐의 순간, 피어남의 순간, 타오름의 순간이다. 존재가 존재의 울타리를 뛰어넘어 다른 존재와 완전히 겹쳐질 수 있는 강력한 해방의 순간이 바로 포옹의 순간이다. 월간 정여울 시리즈 『와락』에서는 바로 이런 번짐의 순간, 피어남의 순간, 타오름의 순간들을 담았다. 우리의 삶 속에서 우리가 가장 따스하고 부드럽고 반짝이는 순간, 서로가 서로를 와락 껴안아 주는 순간들의 아름다움을 내 글 속에 담뿍 담아내고 싶었다.

　『와락』에 가장 잘 어울리는 화가로 구스타프 클림트를 떠올릴 줄은 나조차도 예상치 못했다. '와락'이라는 의태어와 클림트가 참 어울리겠다는 느낌, 그것은 뜻밖의 섬광 같은 깨달음이었다. 저 불멸의 「키스」 말고도 아름다운 포옹 장면을 묘사한 클림트의 그림들이 매우 많다. 이 화가의 숨은 주제, 혹은 자기 자신도 깨닫지 못한 최고의 테마는 어쩌면 존재와 존재 사이의 깊은 포옹이 아니었을까 싶을 정도로. 클림트가 그린 「다나에」는 누구의 눈에도 띄지 않은 채 신과의 은밀한 사랑을 성취하는 장면을 소름 끼치도록 아름답게 표현한다. 신비로운 표정으로 자기 자신을 살포시 껴안는 듯한 포즈를 그린 초상화는 얼마나 많은가. 악기를 안고 음악에 심취한 여인의 모습 또한 내가 무척 좋아하는 클림트의 또 다른 포옹이다. 클림트는 남녀의 포옹만이 아니라 악기와 인간의 포옹, 인간 자신의 스스로를 향한 포옹, 신(제우스)과 인간(다나에)의 포옹까지 그려낸 것이 아닐까. 그 모든 찬란한 포옹의 장면들이 모여 클림트의 은밀한 열정과 거대한 사랑의 모자이크를 완성하는 것만 같다.

　우리가 스스로에게 가장 솔직해지는 순간 중의 하나 또한 누군가를 껴안고 싶을 때가 아닐까. 그런 껴안음이 그리워 지는 시간은 우리가 많이 외롭고 지쳐 있을 때다. 와락, 당신 을 아무 이유 없이, 아무런 기대도 망설임도 없이 그저 가만 히 포옹해주고 싶은 순간이다. 와락, 당신을 껴안는 순간, 나 는 당신이 말하지 않아도 알 수 있었다. 당신이 나를 많이 걱 정하고 당신이 나 때문에 오래 아파했다는 것을. 당신이 나 를 와락 껴안아 주는 순간, 나는 느낀다. 아주 오랫동안, 어 쩌면 태어나서 지금까지 하루도 빠짐없이, 나는 이토록 아 름다운 포옹의 순간을, 존재와 존재의 완전한 합일을 기다 려왔다는 것을.

나는 클림트의 그림들을 보며
한 존재의 다른 존재를 향한 껴안음만이
이룰 수 있는 것들을 생각한다.
포옹만이 해낼 수 있는 것들,
안음만이 닿을 수 있는 세계에 대해 생각한다.
알 수 없는 존재를 향한 포옹의 손길,
그것이 나에게는 글쓰기이니까.
나의 글과 클림트의 그림도 서로를 깊이 끌어안아
당신의 아픔과 당신의 미소를 향해 노 저어가기를 꿈꾼다.
정여울

영화 속
명대사의
따스한
위로

　인간의 두뇌가 놀랍다는 생각을 할 때는 꼭 엄청난 발명
품을 봤을 때만은 아니다. 내 머릿속에서 일어나는 일들, 일
상 속에서 우리가 자신을 구해내기 위해 시도하는 갖가지
상상력들이 바로 놀라움의 원천이 될 때가 있다. 우리 마음
속에는 마치 스스로를 위로하는 치유의 시스템처럼 작동하
는 다양한 본능적 습관이 있다. '머릿속에서 들려오는 목소
리'가 바로 그런 것이다. 너무 바빠서 몸을 챙길 여유가 없을
때, 육체가 피로를 견딜 수 있는 한계에 다다랐을 때, 내 머
릿속에서는 이런 목소리가 들려온다. "이제 그만, 이건 진짜
네가 아니야. 너 자신을 지켜야 해. 몸도 마음도." 다른 사람
에게 이해받지 못할 때, 노력한 만큼 인정받지 못할 때, 설움
이 북받쳐와 목이 멜 때는 내 안에서 이런 목소리가 들려온
다. "지금까지 잘 견뎌왔잖아. 누군가에게 인정받기 위해 열

심히 산 건 아니잖아. 넌 정말 잘했어. 남들이 뭐라 해도, 넌 네가 할 수 있는 최선을 다한 거야.” 이렇게 스스로를 다독이고 쓰다듬는 내 안의 목소리, 그것이야말로 가장 외로울 때조차 나를 지키는 힘이 되어준다.

내가 나를 위로하는 데 한계에 다다를 때쯤이면 오래전 영화 속에서 들었던 아름다운 대사들이 떠오른다. 정말 사랑했던 영화들을 떠올릴 때는 마치 그 주인공들이 아직도 어딘가에서 영화 속 이미지와 똑같은 모습으로 살고 있을 것 같은 착각이 들기도 한다. 영화 「8월의 크리스마스」에서 젊은 나이에 병으로 죽어가는 남자 주인공 정원(한석규)은 이제 막 사랑을 시작한 다림(심은하)에게 자신의 상황을 차마 이야기하지 못한다. 단지 그 사람을 아프게 하지 않기 위해서만은 아니다. 만약 그녀에게 모든 것을 이야기한다면, 그 사랑의 ‘시작’과 ‘끝’이 또 다른 아픔으로 그의 가슴을 할퀴지 않았을까. 가장 설레고 아름다울 때, 어떤 아픈 기억도 남기지 않은 채, ‘사랑의 시작’을 마치 영원처럼 가슴에 품고 떠날 수 있도록 그는 다림에게 지금 당장은 보낼 수 없는 마음의 편지를 남긴다. “하지만 당신만은 추억이 되질 않았습니다.” “사랑을 간직한 채 떠날 수 있게 해준 당신께, 고맙다는 말을 남깁니다." 당신을 머나먼 과거의 추억으로 남기지 않고, 영원히 '지금 바로 여기'처럼 지속되는 생생한 사랑의 현재로 기억하고 싶은 한 사람의 마음이 절절히 느껴지는 그 대사는 언제 다시 되뇌어도 슬프도록 아름답다.

영화 「비포 선라이즈」의 속편 「비포 선셋」에서 셀린은 이제 다른 사람의 남편이 되어버린 옛사랑 제시를 바라보며 강렬한 상실감에 사로잡힌다. 기차에서 우연히 만나 사랑에 빠진 그때 그 순간, 젊은 시절 단 하룻밤의 인연이었지만 그들은 순간의 열정이 아닌 영원의 시간 속을 표류하는 것처럼 그렇게 완전히 자신을 던져 사랑했는데. 유명한 작가가 되어 파리를 찾은 제시는 9년의 시간 동안 많은 것이 변했다는 것을 온몸으로 보여주지만, 셀린은 마치 시간이 멈춘 듯 '사랑했던 그 시간'의 추억 속에 박제된 듯 안타까운 표정으로 제시를 바라본다. 셀린은 9년 만에 제시를 만나 자신의 진심을 털어놓는다. "내겐 남은 게 없어. 너와 보낸 그날 밤, 나의 로맨티시즘을 모두 쏟아부어서." 사랑도 낭만도 열정도, 한 사람이 한평생 느낄 수 있는 모든 아름다운 감정을 단 하루에 쏟아부은 느낌이었기에, 셀린은 9년 동안 제시를 그리워하며 누구도 제대로 사랑할 수 없었던 것이다. 「비포 선라이즈」에서 그들은 이런 사랑을 속삭이지 않았던가. "마치 꿈속에 있는 것 같아⋯⋯. 이 시간을 우리가 만들어낸 것 같아." 정해진 시간대로 순응하며 사는 것이 아니라, 마치 시간이라는 존재를 우리가 직접 창조해낸 것처럼, 그렇게 한순간 한순간이 눈부신 기적으로 탈바꿈할 때. 진정한 사랑에 빠졌을 때, 우리는 누구나 그런 기적 같은 마법 속에 자신을 던지는 것이 아닐까.

마음이 갑갑하고, 손에 일이 잡히지 않으며, 갑자기 이 세상에서 내가 가장 외로운 사람처럼 느껴질 때. 나는 영화 속 명대사를 머릿속에서 다시 한 번 상영하며, 마치 내 머릿속이 아름다운 영화관이 된 것 같은 행복한 착시에 빠진다. 환상이 없다면, 머릿속의 녹음기가 없다면, 마음속의 영화관이 없다면 우리 삶은 얼마나 삭막해질까. 슬픔이 밀려올 때마다, 지금 당장 영화관에 달려갈 상황이 되지 않을 때마다, 나는 내 머릿속의 영화관을 직접 청소하고, 상영관의 불을 끄고, 객석에 앉아 마음속 스크린에 영사기를 비춘다. 비용도 들지 않고 커다란 노력이 필요한 것도 아닌데, 이렇게 멋진 영화관이 내 머릿속에서 아름다운 언어의 향연을 펼친다. 지상에 존재하는 단 하나의 영화관, 내 머릿속의 영화관

에서 나는 나를 감동시킨 모든 영화들을 동시 상영한다. 관
객도 스크린도 오디오 시스템도 심지어 좌석조차 없을 때일
지라도, 내 머릿속에서는 최고의 영화가 상영될 수 있으니.

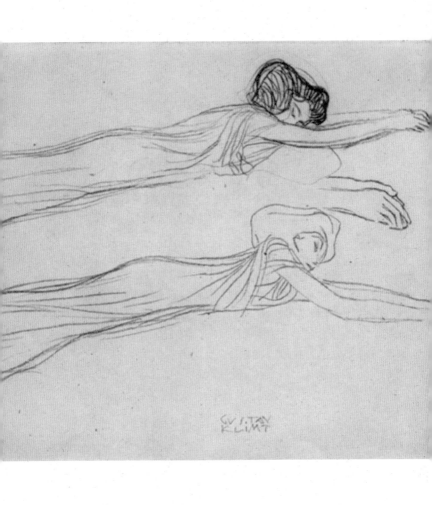

거기,
사람이
있었네

누군가가 평생 한 점 한 점 모아놓은 아름다운 수집품들
을 보면, '이렇게 타인의 평생을 손쉽게 엿봐도 되나?' 싶어
행복한 죄책감에 빠져든다. 무언가를 꼼꼼하게 정리하는 일
엔 젬병인 나는 모자이크나 콜라주처럼 작은 조각들이 모여
이루어내는 커다란 그림에 매혹된다. 저마다 다른 빛깔을
내는 형형색색의 작은 구슬들이 모여 거대한 벽화를 이룬
듯 뭉클한 글 모음집도 그렇다. 『나는 천천히 울기 시작했
다』는 단지 한 권의 책이라기보다는 저마다 다른 곳에서 울
리는 온갖 종소리들을 모아 한곳에서 울리게 만드는 거대한
합창이다. 이 책은 '노동의 풍경과 삶의 향기를 담은 내 인생
의 문장들'이라는 부제보다 훨씬 크고 깊숙한 의미로 다가
온다. 글쓰기가 곧 직업인 소설가나 시인들뿐 아니라 농부,
우체부, 교사, 사진작가, 요리사, 기자, 학자들의 서로 다른

숨결이 불규칙하게 섞였는데도 전혀 요란하거나 부산스럽
지 않다.

　소설가 이기호는 삭막한 도시의 아파트 단지에서 기적처
럼 아련히 반짝이는 반딧불의 무리를 발견한다. 알고 보니
그건 반딧불의 행렬이 아니라 집집마다 쓸쓸한 가장들이 불
도 켜지 않은 채 몰래 베란다에서 피워 올리는 담뱃불의 행
렬이었다. 아파트 단지의 담뱃불들은 마치 도깨비불처럼 아
련하게 깜빡거린다. "모두 각자 쓸쓸한 도깨비불이 되어, 깜
빡깜빡 알지 못하는 그 누군가에게 조난 신호라도 보내듯,
천천히 담배를 피운다." 소설가 김별아의 「아버지라는 이름
의 남자」에서 아버지는 백내장 수술 후 시력을 회복하셨지
만, 시력을 되찾는 대신 아직은 노인이 아닌 줄 알았던 자신
의 모습을 잃어버린다. "수술이 잘되어서 돋보기 없이도 신
문을 읽을 수 있을 정도로 시력이 좋아지긴 했는데…… 눈이
침침할 때는 보이지 않던 웬 백발노인이 거울 안에 들어앉
아 있구나!" 이영주 시인의 「빛의 통로」를 읽다가 나는 문득
깨닫는다. "우리는 모두 스스로를 만질 때 안쪽의 장기들은
만질 수가 없는 운명." "나는 그저 내 피부만을 만지다 사라
질 뿐이다." 아, 그렇구나. 나는 내 피부의 안쪽을 한 번도 만

져보지 못했구나. 내가 사랑했던 이의 속마음을 한 번도 만
져보지 못했듯이.

　서효인 시인의 「증명하는 인간」을 읽을 때는 차라리 티슈
나 손수건을 미리 준비하는 게 낫다. 사랑하는 사람과 결혼
한 기쁨으로 한창 설레던 순간 때맞춰 등장해준 첫아이. 아
기가 첫울음을 터뜨리기도 전에 세상에 태어나 처음으로 들
은 말은 의사와 간호사의 걱정 어린 대화였다. "다운이 같아.
그치?" 호흡에 문제가 있어 태어나자마자 인큐베이터로 옮
겨진 아이는 안타깝게도 다운증후군을 앓고 있었다. "나는
급격하게 무너져서, 며칠을 많이 울었다. 누군가 태어난 날
에, 누군가 죽은 것처럼." 평생 행복한 글쟁이로 살고 싶었던
시인은, 자신이 쌓아온 모든 소중한 것들을, 그토록 특별하
게 태어나버린 아이가 훼방놓을까 봐, 두려웠단다. 왜 하필
나일까. 내가 무엇을 잘못했던가. 하지만 힘겨운 심장 수술
을 마친 후 다른 아이들과 똑같이 싸고, 울고, 보채는 아기를
보며, 그의 두려움은 어느덧 행복으로 바뀐다. 시인은 그토
록 애지중지하던 자신의 글보다 아기를 더 사랑하게 되어버
린다. "예전에는 내가 낳은 건 대부분 예뻐 보였는데, 이제는
시큰둥하다. 아내가 낳은, 비교할 수 없을 정도로 더 예쁜 피

조물 때문이 아닌가 싶다."

  오은 시인의 「상床, 상賞, 상像」은 지금껏 내가 읽어본 가
장 아름다운 자기소개서다. 물론 이 글의 목적은 자기소개
가 아니지만, 자신이 평생 써왔던 '책상의 역사'를 펼쳐놓는
그의 글은 그 자체로 아름다운 자기소개서처럼 보인다. 레
스토랑에 딸린 단칸방에서 온 식구가 모여 살던 어린 시절,
소년의 책상은 매일 모두가 밥을 먹는 밥상이었다. 밥 먹을
때는 밥상이 되고, 아버지와 바둑판을 올려놓고 오목을 둘
때는 고도의 심리전이 벌어지는 후끈한 도박장이 되고, 방
학 숙제를 할 때는 훌륭한 작업대가 되어주는 만능 책상. 좋
은 집으로 이사를 가게 되어 낡을 대로 낡은 밥상을 버려야
한다는 엄마의 말을 들었을 때, 그는 10년 넘게 자신을 지켜
준 상에게 미안한 마음에 엉엉 울었다고 한다. 건드릴 때마
다 끼익 쇳소리가 나던 낡은 밥상이야말로 그의 영혼을 성
장시켜준 마음의 텃밭이었나 보다.

  이렇듯 이 책에는 누군가를 오랫동안 지켜준 마음의 불빛
들, 사랑하지만 사랑한다는 간지러운 말로는 사랑을 표현할
수 없는 사람들의 숨죽인 애정 표현들로 가득하다. 이 책을

만나면 '아직도 이 세상에 아름다운 사람들이 이렇게 많다
니' 하는 반가움 때문에 가슴 한구석이 뜨뜻해진다. 세상을
마치 자기만의 1인분 스테이크처럼 마음대로 난도질하는
강자들이 판을 치는 세상에서, 스스로 약자의 자리를 긍정
하며, 나약하지만 누구에게도 의존하지 않으며, 아무리 작
은 1인분짜리 라면 한 그릇이라도 춥고 아픈 이들과 함께 나
누려는 사람들이 이렇게나 많이 있다는 사실에 무작정 감사
하게 된다. 게다가 노순택 작가의 견고하고도 소박한 사진
들은 이 책을 단지 '읽고 싶은 책'이 아니라 '갖고 다니고 싶
은 책'으로 만들어준다. 이 책은 저마다 다른 크기의 빗방울
들이 땅바닥에 떨어지며 따로 또 같이 '빗방울 전주곡'을 연
주하듯, 그렇게 차분히 우리 마음에 노크를 한다.

기다림의
아픔이
창작의
불꽃으로
타오르기까지

얼마 전 지인이 나의 문자메시지를 보고 가슴이 아팠다고 말해서 깜짝 놀랐다. 연락 기다리겠다는 단순한 메시지를 나는 이렇게 표현했다는 것이다. "저는 기다림에 익숙해요. 때로는 기다림 자체가 참 좋아요." 별다른 감정을 실어 말한 것이 아닌데, 듣는 사람은 가슴이 아팠나 보다. 그런데 나는 정말 때로는 기다리는 일이 진심으로 좋다. 늦은 밤 찻물이 끓어오르기를 기다리는 몇 분의 시간 동안 나는 하루를 찬찬히 되돌아보고, 약속 장소에 늦는 상대방을 기다리며 책을 읽느라 잠시 기다림의 지루함조차 깜빡 잊고 책 속의 이야기에 푹 빠져들곤 한다. 이미 완성하여 탈고한 글이 책으로 나오기까지 꽤 오랜 시간이 걸릴 때도, 그 기다림의 시간이 설레고 두근거린다. 나는 나 자신조차도 기다린다. 지금은 결코 할 수 없는 일을 언젠가는 해낼 수 있을 때까지, 지금 감당하지 못하는 고통을 언젠가는 너끈히 이겨낼 수 있을 때까지. 나는 나를 기다린다. 더 치열한 나를, 더 깊고 너른 나를.

기다림이 힘든 순간은 기한과 목표가 확실히 정해져 있는데 시간은 미치도록 모자랄 때다. 새로운 아이디어가 떠올라야 일이 진행될 텐데, 아이디어는커녕 사소한 문장 하나 떠오르지 않을 때가 있다. 요새 그런 강력한 슬럼프를 겪으며 불현듯 릴케의 『젊은 시인에게 보내는 편지』(문예출판사, 2018)를 꺼내 들었다. 머리를 긁적이며 시인이 내게 진심 어린 말을 걸어올 때까지 기다려보았다. 수많은 문장들이 뇌를 자극했다. 특히 고독에 대한 시인의 문장이 가슴을 할퀴었다. "당신의 고독이 크다는 것을 깨닫는다면 기뻐하십시오." "고독의 성장은 마치 소년의 성장과 같아서 고통이 따르고, 봄이 시작될 때처럼 서러운 것이기 때문입니다." "자신에게로 침잠하여 몇 시간이고 아무도 만나지 않는 것, 이것이 이루어지지 않으면 안 됩니다." 릴케는 고독을 반드시 지켜내야 할 소중한 보물처럼 조심조심 다룬다. 나는 그의 문장을 읽으며 이 힘겨운 고독 속에서 반드시 무언가 빛나는 창조의 불꽃을 찾아낼 수 있으리라 믿기 시작한다.

나는 절대적인 고독 속에서 자기 안의 가장 빛나는 용기를 찾아낼 수 있으리라 믿는다. "우리가 만나게 될지도 모르는 가장 기묘한 것, 가장 기이한 것, 가장 해명하기 어려운 것에 대해 용감해야 합니다." 또한 고독 속에서 환상을 체험하는 것이야말로 창조성의 뿌리가 된다는 것을, 변함없이 믿는다. "'환상'이라고 불리는 체험, 이른바 '영계靈界'의 세계, 죽음 등 우리와 아주 가까운 이 모든 것이 날마다 생활에서 방지되고 멀리로 밀려났기 때문에, 이것을 포착할 수 있는 우리의 감각이 위축되고 말았습니다." "당신 마음속의 해결되지 않은 모든 것에 대해서 인내를 가져주십시오. 그리고 물음 그 자체를 닫혀 있는 방처럼, 아주 낯선 말로 쓰인 책처럼 사랑해주십시오. 지금 당장 해답을 찾아서는 안 됩니다." "지금은 물음을 살아가십시오. 그렇게 하면 아마도 당신은 차츰 자기도 모르는 사이에 먼 미래의 어느 날, 해답 속으로 들어가서 해답을 살아가게 될 것입니다. 아마도 당신은 자신 속에 조형하고 형성하는 가능성을, 특히 행복하고 순수한 삶의 본래적인 자세로서 지니고 있을 것입니다. 그것을 향하여 자신이 뻗어가게 하십시오." 견디기 힘든 슬럼프가 찾아올 때마다, 나는 머나먼 시간의 늪을 건너 우리에게 찾아온 이 아름다운 시인의 편지를 읽는다. 이 기나긴 우울의

터널이 끝날 때까지, 기다림의 아픔이 창조의 불꽃으로 타오를 때까지, 걷고, 읽고, 생각하며, 기다림의 늪을 견뎌낼 것이다.

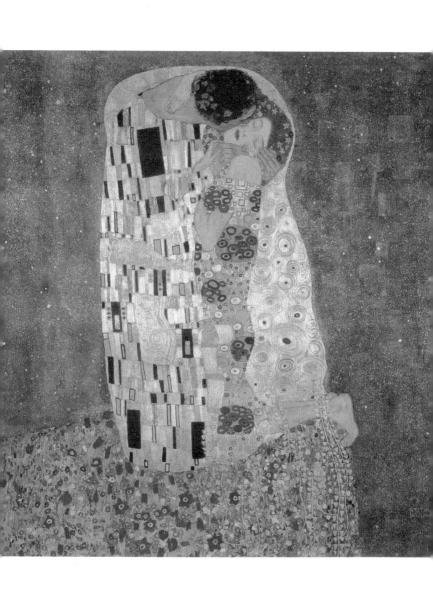

이제
나의
페르소나를
미워하지
않기로
했다

　심리학을 공부하며 가장 매력적이라 느꼈던 용어는 '페르
소나'와 '그림자'였다. 페르소나는 겉으로 드러나는 성격이
기에 얼마든지 바꾸고 연기하고 다듬을 수가 있다. 친절을
가장할 수도 있고, 명랑한 척 슬프지 않은 척 연기를 할 수
도 있다. 하지만 그림자는 우리 안의 아픈 상처들이 쌓여 이
루는 내면의 어두운 부분이기에 '연기'가 불가능하다. 마치
내장 안의 불수의근처럼 우리가 바꿀 수 없는 심리적 상처
이기도 하다. 우리가 숨기고 싶은 모든 불쾌한 감정들이 내
면의 그림자로 가라앉는다. 누구에게나 페르소나가 있듯이,
그림자 또한 누구에게나 있다. 에고와 그림자와의 관계는
마치 빛과 그림자의 관계와 닮아서, 에고가 타인에게 보여
주기 위한 연기를 펼칠 때마다 그림자는 더욱 짙어지고 어
두워질 수 있다. 쾌활하고 사교적인 척 행동할 때마다 내면

에는 '아, 난 원래 이런 사람이 아닌데'라는 후회의 그림자가
쌓인다. 트라우마를 다 잊은 척 아무렇지 않게 행동할수록
내면에 드리워진 짙은 슬픔의 그림자는 더욱 두껍게 무의식
의 퇴적층으로 쌓이게 된다.

융 심리학은 그림자의 '제거'가 아니라 그림자와의 '화해'
를 제안한다. 내 안의 콤플렉스와 트라우마까지 마침내 사
랑할 수 있을 때, 그림자조차도 진정한 나의 일부로 받아들
일 수 있을 때, 진정한 개성화는 시작될 수 있다. 그런데 페
르소나와 그림자, 에고(Ego: 의식적인 자아)와 셀프(Self: 내면적인
자기)와의 관계를 공부하면서, 책으로는 해결되지 않는 궁금
증이 있었다. 페르소나(외면에 드러난 성격)와 그림자(내면에 쌓
인 트라우마와 콤플렉스)를 분리하다 보니, 과연 '페르소나는 가
식적이고 그림자는 솔직한 것인가' 하는 의문이 들었다. 페
르소나는 훌륭한 연기자이기만 한 걸까. 에고는 의식적이고
외면적인 협상가이기만 한 것일까. 페르소나 또한 자기에서
우러나온 것이기에 어느 정도 '나다움'을 간직하고 있고, 에
고 또한 의식적이기만 한 것이 아니라 나도 모르게 내 안의
깊은 열망이 마치 마그마처럼 뚫고 나와 바깥으로 표현되는
때가 있지 않은가. 게다가 그림자와의 화해라는 것이 나에

게는 요원하게 느껴졌다. 어떻게 나 자신의 부정적인 측면, 나조차도 인정하고 싶지 않은 내 안의 어둠을 포용하고 화해할 수가 있을까.

　이런 고민을 하고 있는 와중에 한 독자의 편지를 받게 되었다. 얼마 전 서울 국제 도서전에서 '종이 책과 전자책, 오디오 북의 창조적 공존'이라는 주제로 강연을 하던 도중, 책을 통해 우리가 흡수하는 것은 '지식'과 '정보'만이 아니라 감성과 분위기, 마음과 마음의 교감 같은 '이성을 뛰어넘는 것들'이라는 이야기를 하고 있었다. 강연이 끝난 후 어떤 독자가 내 강의 중 가장 인상적인 문장을 받아 적어 그것을 나에게 엽서로 보내주셨다. "어쩌면 저에게는 (이성보다는) 감성이 전부일지도 몰라요." 나는 화들짝 놀랐다. 내가 지나가듯 읊조린 문장이 누군가에게는 가장 중요한 문장으로 기억될 수 있다는 것이 새삼 놀라웠다. "너는 지나치게 감정적이야"라는 타인의 반복되는 지적이 나의 오랜 트라우마였는데, 그 독자는 나의 바로 그런 감성적인 부분, 즉 나의 그림자조차 아껴주었던 것이다.

　나에게는 트라우마였던 것이 타인에게는 '껴안아 주어야

할 소중한 그림자'가 될 수 있다는 생각을 하니, 비로소 내
안의 상처가 치유되는 느낌이었다. 나는 그렇게 나도 모르
게 내 그림자와 화해하고 있었던 것이다. 돌이켜보면 나를
아끼는 사람들은 항상 나의 그림자까지, 내가 싫어하는 나
의 부정적인 측면까지 이해하고 존중해주었다. 나는 이제
나의 예민하고 감성적인 측면을 증오하지 않는다. 이제는
알기 때문이다. 너무 많은 것을 느끼고 감동하고 슬퍼하는
것은, 콤플렉스가 아니라 글쓰기의 힘이고, 삶을 더 풍요롭
게 살 수 있는 재능이기도 하다는 것을.

　우리는 평생에 걸쳐 진정한 자기를 찾기 위한 노력을 포
기해서는 안 된다. 심리학자 융은 이렇게 진정한 자기가 되
기 위한 과정을 '개성화'라고 했고,『커버링』을 쓴 작가 켄지
요시노는 이를 '진정성 과업'이라고 설명한다. 이제 내 가면
의 인격, 페르소나를 미워하지 않기로 했다. 페르소나는 내
마음 깊은 곳의 자기Self를 지켜주는 수문장이자 용감한 전
사이기도 하기 때문이다. 단지 그 가면을 너무 치장하지 않
고, 내 진심으로부터 너무 멀어지지 않도록 내 마음을 더 자
주 보살피고 다독이고 싶다. 가면을 벗어야만 비로소 진짜
내가 되는 것이 아니라 가면조차 나다운 사람이 되고 싶다.

모자란 인격을 숨기기 위한 가면을 꾸미는 삶이 아니라 가면조차 아름다운 사람, 가면조차 진정한 나 자신일 수밖에 없는 삶을 살고 싶다.

내가
누구인가를
표현하는
희열,
글쓰기

인간은 자기 자신으로부터, 자신에 대한 정찰이나 포위로부
터 잘 방어되고 있다. 인간은 자신이라는 성城의 외벽 이상은
감지할 능력이 없다. 진정한 요새는 접근하기도 어렵고, 눈에
보이지도 않는다. 친구나 적이 배신자 역할을 해서 그를 비밀
통로로 데려가지 않는다면 말이다.

— 니체, 『인간적인 너무나 인간적인』 중에서

어떤 뼈아픈 자극이 없이는, 사람들은 좀처럼 '나는 누구
인가'에 대한 정직한 해답을 얻어내지 못한다. '나는 누구인
가'라는 질문이 아픔을 동반하지 않는다면 그건 제대로 된
질문이 아닐 것이다. 질문할수록 아픈 것, 그 아픔을 통해 내

가 누구인지를 깨닫게 될 때 우리는 조금씩 자기 영혼의 깊이를 헤아릴 줄 아는 사람이 되어간다. 그래서 나를 아프게 해주는 친구는 언제나 소중하다. 물론 그 아픔이 아픔을 위한 아픔이라면, 그저 증오나 질투 때문이라면, 그와 인연을 계속하기 어려울 것이다. 내가 누구인지를 알게 하기 위해 나를 아프게 하는 사람. 내가 누구인지를 알면서도 계속 나의 곁에 있어 주려는 사람이야말로 진정한 친구다.

오래달리기처럼
매일 한 호흡씩

내가 누구인지를 알게 만드는 최고의 도구는 바로 '몸'이다. 몸을 던져 무언가에 완전히 집중할 때, 우리는 자신이 어떤 사람인지를 깨닫는다. 사실 나는 몸 쓰는 일엔 젬병이다. 학교 다닐 때도 체육 시간이 가장 싫었다. 그런데 이제 와서 곱씹어보면 가장 중요했던 시간이기도 했다. 내가 누구인지를, 내가 어떤 사람인지를 아프게 깨닫게 해준 최고의 순간이 그때 있었기 때문이다.

고등학교 2학년 체육 시간, 선생님께서 갑자기 괴상한 주문을 하셨다. 평소처럼 점수에 들어가는 것 아니니까, 오래 달리기를 너희들이 할 수 있는 데까지 끝까지 해보라고. 대부분의 아이들은 체력장에 요구되는 최소한의 운동장 바퀴 수만 채우고 주저앉아서 삼삼오오 수다를 떨었고, 체력이 좋거나 운동을 좋아하는 몇몇 아이들만 10분 이상 뛰었다. 그런데 나는 또 왜 그랬는지 스스로도 알 수 없는 이상행동을 하기 시작했다. '쟤 왜 저래? 미친 거 아니야?'라는 시선과 수군거림을 아랑곳하지 않고 체육 시간이 끝날 때까지, 아니 그보다 조금 더 뛰었다. 다음 수업이 없거나 점심시간이었다면, 나는 더 뛰었을 것이다. 지금 그렇게 오래 달려보라고 하면 도저히 그럴 수 없을 것 같지만, 그땐 그저 끝까지 가보고 싶었다. 달리면서 나는 지금까지 살아온 모든 순간들, 기억할 수 있는 모든 순간들을 떠올리며 온전하게 '나'를 느꼈다. 처음으로 내 몸을 쓰는 일에서 눈부신 희열을 느꼈다. 그냥 달리는 것뿐인데, 아무런 도구도 목적도 없이 오래오래 달리는 것뿐인데, 몸에선 미친 듯한 열기와 땀이 솟구쳐 올랐고, 머릿속은 명경처럼 맑아졌다.

나는 뜀틀도 배구도 농구도 잘하지 못했지만 유일하게 잘

하는 운동이 바로 오래달리기였다. 잘한다기보다는 그냥 잘 버텼다. 그것만으로 만족했다. 나는 어릴 적부터 무언가를 혼자서 척척 잘해내야 하는 모범생 콤플렉스와 맏이 콤플렉스에 시달리며 살았다. 남이 부담을 주지 않아도 스스로 부담을 알아서 느끼는 성격도 어린 시절에 형성된 것 같다. 오래달리기를 하는 동안에는 뭔가 잘해야 한다는 생각, 뭔가 특별해야 한다는 생각, 힘들어도 끝까지 해내야 한다는 생각조차 없어져 버렸다. 나는 처음으로 내 갑갑한 육체로부터 해방감을 느꼈다. 마치 내가 아닌 다른 존재가 된 것 같았다. 처음에는 '그냥 끝까지 가보자'라는 생각이었다가, 중간에는 이게 뭐 하는 짓이지 싶다가, 마침내 '내가 달린다'는 생각이 사라지고 '내 몸이 나를 달리게 한다'는 생각이 들었다.

의지가 몸을 움직이는 것이 아니라 몸이 의지조차 무력화시켰다. 말로 표현할 수 없는 희열이 느껴졌다. '지독한 계집애! 쓸데없이 왜 힘을 빼냐!'라는 시선으로 혀를 끌끌 차는 아이도 있었지만, 나는 아무래도 좋았다. 누구의 눈치도 보지 않고, 누구의 명령도 받지 않고, 그저 달리기라는 단순한 몸짓만으로 진정한 나 자신이 될 수 있다는 것이, 얼마나 기뻤는지. 나는 그때 처음으로 성적이나 경쟁이나 부모님의 잔소리로부터 완전히 자유로워졌다. 그런 것이 없어서 나는 나 자체로 충분하다는 생각을 처음으로 했다. 그리고 처음으로 나 자신의 '힘'을 느꼈다. 그것은 누구와 비교해서 느끼는 힘이 아니라 내가 나 자신의 한계라고 믿었던 어떤 마음의 문턱을 넘었기 때문에 느낄 수 있는 힘이었다. 나는 빨리 달리는 데는 젬병이었지만 오래오래 달릴 수는 있었다.

　이제 오랜 시간이 흘러 글 쓰는 것을 직업으로 삼게 된 나는 매일 빠지지 않고 글을 쓰는 행위를 통해 내가 아직 나라는 것을, 내가 오늘도 여전히 나라는 것을 절감한다. 글쓰기가 직업이 아닌 사람들도 글쓰기를 통해 자신을 증명한다. 글쓰기는 이력서보다도 주민등록번호보다도 주소보다도 전화번호보다도 우리 자신을 정확하게 표현하는 존재의 자기 증명법이다. 각종 블로그나 SNS로 자신의 취향과 열정을 표현하는 사람들은 글쓰기를 통해, 사진 찍기를 통해, 자기표현의 즐거움을 누린다. 나는 글을 쓸 때마다 스스로에게 약속한다. '아름다운 글'을 쓰기보다 '정직한 글'을 쓰자고. 조금 모자라 보이더라도 조금 더듬거리더라도, 나 자신에게 충실한 글, 나 자신에게 거짓말하지 않는 글을 써보자고.

나를 알아보는
네가 있어서

　　　　　　　　　장 자끄 상뻬의 『얼굴 빨개지는 아
이』에서는 시도 때도 없이 얼굴이 빨개지는 소년이 등장한
다. 마르슬랭은 정작 얼굴이 빨개져야 하는 부끄러운 순간
에는 멀쩡한 얼굴이 되고, 아무도 얼굴을 붉히지 않는 평범
한 순간에는 벌겋게 얼굴이 달아오른다. 아무 때나 빨개지
는 것도 문제지만, 정작 수치스러운 순간에 철면피처럼 멀
쩡한 얼굴을 하고 있으니 어른들은 당황스럽다. 이런 마르
슬랭을 못마땅하게 여기는 선생님과 아이들 때문에 소년은
외톨이가 되어버린다. 소년의 '다름'이 소년을 이해받지 못
하는 타인으로 만들어버린 것이다. 하지만 '다름'은 진짜 문
제가 아니다. 다름을 다름 자체로 받아들이지 못하는 사람
들의 상투적 상상력이 문제인 것이다. 그리고 무엇이 정상
인지 자기네들끼리 기준을 정해놓은 후 그것에 맞지 않으면
가차 없이 비정상으로 몰아버리는 태도가 '그들과 조금 다
른 사람들'을 걷잡을 수 없는 외로움의 심연에 빠뜨린다.

　　외로움에 떨고 있는 마르슬랭에게 뜻밖의 친구가 나타난

다. 바로 시도 때도 없이 재채기를 하는 아이, 르네였다. 두
사람은 서로의 다름을 한눈에 알아보고, 그 다름을 기꺼이
껴안아 주는 아름다운 우정을 쌓아나간다. 르네는 재채기를
할 때마다 미안하다고 말하는 버릇이 있다. 자신의 다름이
남들에게 피해를 주지 않을까 늘 눈치 보며 살아온 것이다.
하지만 마르슬랭은 르네가 더 이상 미안해하지 않도록 그의
상처받은 마음을 어루만져준다. 르네가 "에취잉! 미안해" 하
면, 마르슬랭은 기다렸다는 듯이 방긋 미소를 지어준다. "아
니, 괜찮아! 난 네가 재채기하는 모습이 너무 좋아." 그들의
다름은 이제 더 이상 상처가 되지 않는다. 사람들은 '르네는
재채기하는 아이', '마르슬랭은 얼굴 빨개지는 아이'라고 그
들의 정체성을 규정한다. 하지만 둘은 서로의 몸짓, 서로의
미소, 서로의 우정을 통해 '나는 누구인가'에 대한 해답을 조
금씩 만들어갔던 것이다.

   그들은 정말로 좋은 친구였다. 그들은 짓궂은 장난을 하며
놀기도 했지만, 또 전혀 놀지 않고도, 전혀 말하지 않고도 같이
있을 수 있었다. 왜냐하면, 그들은 함께 있으면서 전혀 지루한
줄 몰랐기 때문이다. (…) 마르슬랭은 감기에 걸릴 때마다 그의

친구처럼 기침을 할 수 있다는 사실에 흡족해했다. 그리고 르네 역시 햇볕을 몹시 쬔 어느 날, 그의 친구가 가끔씩 그러는 것처럼 얼굴이 빨개져 버린 것에 아주 행복해한 적이 있었다. 둘은 정말로 좋은 친구였다.

　— 장 자끄 상뻬, 김호영 옮김, 『얼굴 빨개지는 아이』,

　　열린책들, 1999, 58~63쪽.

　아무 때나 얼굴 빨개지는 아이 마르슬랭과 시도 때도 없이 재채기를 하는 아이 르네는 그렇게 서로의 '다름'을 따스하게 보듬어주며 진정한 친구가 된다. 나에게도 이런 순간이 있었다. 내 '다름' 때문에 괴로워하던 모든 순간에, 나에게는 내 등을 가만히 두드려주는 친구나 선생님, 가족들이 있었다. 내가 또래 친구들과 잘 어울리지 못하던 초등학교 6학년 시절 나에게 뜨개질을 가르쳐주었던 어여쁜 짝꿍 현주, 나와 시도 때도 없이 수다를 떨어주었던 착한 명선이의 따스한 눈길을 나는 아직도 기억한다. 그런 사람을 찾기 어려울 때는 책 속에서 영화 속에서 음악 속에서 영혼의 벗을 찾기도 했다.

　『얼굴 빨개지는 아이』의 감동은 '뭔가 모자란 아이들'이
서로의 결핍을 보듬어주는 데서 그치지 않는다. 이 아이들
의 우정이 감동적인 이유는 그들이 어쩔 수 없이 헤어져 있
을 때도, 르네가 이사를 간 후 연락이 끊어진 후에도, 서로를
그리워하며 서로를 위해 더 좋은 사람이 되기를 원했기 때
문이다. 먼 훗날 어른이 된 마르슬랭이 길에서 그치지 않는
재채기 소리를 듣고, 그 재채기의 주인공이 자신의 옛 친구
르네임을 알아본다. 이제 그들은 두 사람의 우정뿐 아니라
아이들도 함께 친구가 될 수 있도록 해준다. 서로의 아픔을
보듬어준 두 사람의 우정이 다음 세대의 우정으로까지 이어
진 것이다. 그들의 다름, 그들의 콤플렉스야말로 최고의 우
정을 창조하는 위대한 묘약이 된 것이다.

　나 또한 혼자서 글만 썼다면 결코 행복한 사람이 될 수 없
었을 것이다. 마감이 몰릴 때는 며칠 밤을 꼴딱 새고 낮에 잠
깐씩 새우잠을 자면서도 글쓰기를 멈출 수 없는 글쟁이의
진짜 행복은 내 글을 읽어주는 지음知音의 벗이 있다는 사실
그 자체다. 나를 한 번도 만난 적 없는 사람이 이리저리 수소
문을 해 내게 독자 편지를 보내줄 때, 그리고 말없이 멀리서
응원해주는 독자가 있다는 것을 나 역시 말없이 느낄 때, 나

의 글쓰기는 단지 '나는 누구인가'를 증명하는 행위를 넘어 '당신과 함께 있어야 비로소 나'일 수 있는 인연의 신비를 깨닫게 만든다. 음악가에게는 음악이, 화가에게는 그림이 바로 그런 영혼의 채널일 것이다. 내가 누구인가를 의식적으로 질문하지 않으면서도 자신도 모르게 온몸으로 내가 누구인지를 증명하는 무의식의 엑스터시 상태. 그것이 저마다 작지만 소중한 '자기 세계'를 창조하는 사람들의 포기할 수 없는 희열일 것이다.

기다림의
시간에야
비로소
찾아오는
타인의
속삭임

　오랫동안 먼 길을 떠나 보면, 목적지에 가는 시간만큼이
나 기차를 기다리는 시간, 표를 사러 기다리는 시간, 각종 입
장권을 사기 위해 기다리는 시간이 많아진다. 기다림의 시간
을 잘 참지 못하던 나는 아무리 유명한 맛집에 찾아가도 사
람이 많으면 훌쩍 미련 없이 돌아 나오기 일쑤였다. 하지만
아무것도 하지 않는 듯한 기다림의 시간을 예전보다 잘 견
디게 된 지금은, 기다림의 시간에 비로소 눈에 들어오는 낯
선 타인들의 삶을 가만히 관찰하는 것을 좋아하게 되었다.
음식이 나오기를, 차례가 다가오기를, 열차나 버스가 오기
를 기다리면서, 물론 책을 읽거나 휴대폰을 만지작거릴 수
도 있다. 하지만 책이나 휴대폰은 언제든지 볼 수 있는 반면,
그날 그 시간 낯선 장소에서 국적도 이름도 직업도 모르는
바로 그 낯선 타인을 만날 수 있는 시간은 오직 한 번뿐이다.

무작정 스쳐 지나가면 아무런 느낌 없이 지나칠 인연이지만, 누군가를 조용히, 물론 그 사람이 눈치채지 못하게 살짝 바라보는 순간, 모든 사람들은 저마다의 사연을 품고 이 세상에서 오직 한 번만 상연되는 삶이라는 연극에서 최고의 주인공들이 된다. 그중에는 한없이 피로한 어느 날 간절한 마음으로 커피 한 잔의 여유를 찾는 세일즈맨의 우울한 표정도 있고, 엄마와 함께 오랜만에 나들이를 나와 마음이 뭉게구름처럼 잔뜩 부풀어 오른 소녀의 싱그러운 표정도 있다. 많은 사람들이 일이 아닌 여행을 목적으로 인산인해를 이루는 유명한 관광지일수록, 사람들의 표정은 다채롭고 풍요롭다. 더 많은 천차만별의 사연들이, 더 많은 희로애락애오욕이, 한날한시에 한 장소로 집결하는 순간들. 그 속에서 나는 '나'의 존재가 우주의 티끌보다 더 작은 존재임을 소리 없이 깨닫고 그렇게 나 자신이 소리 없이 작아지는 그 순간에 신기하게도 눈부신 희열을 느낀다. 그리고 이렇게 작고 여린 존재들이 모여서 이토록 알록달록한, 광대무변한 우주를 함께 만들어간다는 사실에 알 수 없는 뿌듯함을 느낀다.

곽재구의 「사평역에서」는 바로 그렇게 하염없이 무언가를 기다리는 것밖에는 아무것도 할 수 없는 시간, 하늘에서

갑자기 수천 개의 별똥별이 쏟아지듯 눈앞으로 확 끼쳐오는
타인의 삶을 아름답게 소묘한 작품이다. 막차를 기다리는
시간은 왜 그토록 길게 느껴지는지. 가야 할 길은 먼데, 아무
리 기다려도 오지 않을 것만 같은 막차를 기다리며, 시적 화
자는 어쩔 수 없이 함께 막차를 기다리는 다른 사람들을 조
용히 관찰하기 시작한다. 1980년대 초반의 사평역, 게다가
눈 오는 사평역 대합실은 얼마나 을씨년스러웠을까. 하지만
기름이나 가스가 아닌 톱밥으로 불을 지피는 톱밥 난로를
둘러싸고, 눈보라가 밤새 몰아치는 유리창을 하염없이 바라
보는 이 사평역 대합실의 사람들을 하나하나 그려보고 있으
면, 그 시절 1980년대 초반의 풍경이 눈앞에 아득하게 펼쳐
지는 것 같다. 나는 그 시절 아무것도 모르는 미취학 아동이
었지만, 아련하게도 그때 그 시절의 골목길 풍경, 기찻길 풍
경, 어른들의 표정은 희미한 수묵담채화처럼 머릿속에 각인
되어 있다.

막차는 좀처럼 오지 않았다
대합실 밖에는 밤새 송이눈이 쌓이고
흰 보라 수수꽃 눈시린 유리창마다

톱밥난로가 지펴지고 있었다

그믐처럼 몇은 졸고

몇은 감기에 쿨럭이고

그리웠던 순간들을 생각하며 나는

한줌의 톱밥을 불빛 속에 던져주었다

내면 깊숙이 할 말들은 가득해도

청색의 손바닥을 불빛 속에 적셔두고

모두들 아무 말도 하지 않았다

산다는 것이 때론 술에 취한 듯

한 두름의 굴비 한 광주리의 사과를

만지작거리며 귀향하는 기분으로

침묵해야 한다는 것을

모두들 알고 있었다

오래 앓은 기침소리와

쓴 약 같은 입술담배 연기 속에서

싸륵싸륵 눈꽃은 쌓이고

그래 지금은 모두들

눈꽃의 화음에 귀를 적신다

자정 넘으면

낯설음도 뼈아픔도 다 설원인데

단풍잎 같은 몇 잎의 차창을 달고

밤열차는 또 어디로 흘러가는지

그리웠던 순간들을 호명하며 나는

한줌의 눈물을 불빛 속에 던져주었다.

— 곽재구, 「사평역에서」, 『사평역에서』, 창비,

1993, 118~119쪽.

시적 화자는 좀처럼 오지 않는 막차를 기다리며 밤새 눈
이 송이송이 쌓이는 유리창을 지켜보다가 마침내 톱밥 난로
를 둘러싸고 각자의 고뇌에 빠져 있는 낯선 사람들에게 눈
길을 돌리게 된다. 꾸벅꾸벅 졸고 있는 사람들, 감기에 쿨럭
쿨럭 기침을 하는 사람들을 바라보며 '나'는 그리웠던 순간
들을 생각하며 한 줌의 톱밥을 타오르는 불빛 속으로 던져
준다. 모두들 서로를 모르기에, 게다가 막차를 기다리는 시
간이라 누구도 소리 내어 떠들 수가 없기에, 사람들은 할 말
은 많아도 시인처럼 저마다 하고 싶은 말들을 내면 깊숙이
묻어둔다. 아무 말도 하고 있지 않지만, 그들은 사실 많은 말
들을 나누고 있지 않았을까.

나는 상상해본다. 눈이 펑펑 내리던 1980년대 초반의 어
느 겨울날, 사평역에서 막차를 기다리는 사람들이 나누지
못한 이야기들, 가슴속에 담아놓은 수많은 말들을. 형씨는
어딜 가슈. 난 고향 땅으로 돌아간다우. 어딜 가도 고향 같
은 곳은 없어. 형씨는 그런가 보오. 난 고향 같은 건 없소. 떠
돌아다니는 곳이 모두 다 고향이지. 아주머닌 어딜 가슈? 애
들 학교 뒷바라지하러 서울에 간다오. 서울로 유학 간 아들
딸 걱정에 밤마다 잠을 잘 수가 있어야죠. 그들은 서로의 사
연을 말이 아닌 눈빛으로 나누며 그렇게 깊어가는 겨울밤
의 쓸쓸함을 견뎠을 것이다. 낯선 땅을 오랫동안 혼자 여행
한다는 것은 자신과 어딘가 닮아 있는 그 누구의 고독과 접
속하는 일이기도 하다. 어디론가 떠나야만 하는 사람의 영
혼은 어딘가 조금씩 부서져 있기 마련이다. 떠나야만 하는
상황 때문에 가슴이 시리고, 이제는 볼 수 없는 사람들 때문
에 가슴 한편이 무너지고, 낯선 땅에서 또다시 적응해야 한
다는 사실 때문에 심장 한가운데로 칼바람이 뚫고 지나가는
것만 같다.

하지만 나누지 못한 사연보다도 더 아픈 것은 그들이 침
묵해야 하는 이유일 것이다. 그들은 이제 "산다는 것이 때론

술에 취한 듯 / 한 두름의 굴비 한 광주리의 사과를 / 만지작
거리며 귀향하는 기분으로 / 침묵해야 한다는 것을 / 모두들
알고 있었"기 때문이다. 그들은 말을 해도 결코 전해지지 않
는 것들, 아무리 말을 해도 해결되지 않는 것들, 그 모든 '말
할 수 없는 것들'을 껴안고 견디며 침묵하며 아픔을 안으로
삼켜야 하는 것이 삶임을 알아버린 것이다. 우리는 시인의
눈을 통해 사평역 대합실에 모인 사람들의 아픔과 외로움을
볼 수 있다. 이제 시인의 눈이라는 영혼의 창을 투과하여 저
머나먼 시간의 사람들, 1980년대의 우리네 이웃들의 목소
리가 들려오기 시작한다.

　오랫동안 앓아온 기침 소리, 쓴 약처럼 쌉쌀한 입술 담배
연기 속에서 사람들은 침묵하고 있는 것 같지만 사실 싸륵
싸륵 쌓여가는 '눈꽃의 화음'을 듣고 있었다. 그들은 침묵하
고만 있는 것이 아니라 알고 보면 들릴락 말락 한 그 미세한
눈꽃의 화음을 들을 수 있는 예민한 영혼을 간직하고 있다.
시인의 투명한 눈빛은 침묵하고 있는 것처럼 보이는 사람
들, 아무것도 하지 않고 있는 것처럼 보이는 사람들의 눈에
서 그들이 보여주지 않는 삶의 가능성을 읽어낸다. 아프지
만 아프다고 소리칠 수 없는 침묵의 절규를 듣고, 이 세상에

분명 들리지만 세상 사람들이 듣지 못하는 눈꽃의 화음을
들을 줄 아는 사람. 그가 바로 시인일 것이다.

　그는 외로이 막차를 기다리며 홀로 쓸쓸한 감정에 젖어
있었지만, 곧 외로운 것은 자신만이 아니라는 것을 깨달았
을 것이다. 자정이 넘으면 열차가 출발하여 이제 이 모든 외
로움과 뼈아픔마저 광대한 설원 속으로 가뭇없이 사라져갈
것만 같은데, 단풍잎처럼 여린 차창들을 매달고 밤 열차는
또 이 모든 사람들을 칸칸이 실은 채 어디로 흘러갈까. 그는
밤 깊어 시름도 깊어가는 눈 쌓인 사평역에서 자신이 가장
그리워하던 그 무엇과 만난다. 그는 무언가를 향한, 누군가
를 향한 간절한 그리움을 안고 이곳 사평역으로 접어든 것
같다. 아까는 한 줌의 톱밥을 난로 속에 던져 넣었지만, 이제
는 한 줌의 눈물을 불빛 속에 흩뿌린다.

　이렇게 아무것도 하지 않는 것만 같은 무료한 기다림의
시간은 나 자신의 가장 아픈 그리움과 만나는 뼈아픈 시간
이 된다. 나처럼 외로운 사람, 나처럼 아픈 사람들의 침묵
속에서 그들은 '기다림'이라는 이름의 보이지 않는 공동체
가 되어 오지 않는 막차를 기다리고 있다. 언젠가 막차가 오

면 그들이 함께했던 그 세상에 한 번뿐인 시간은 흔적도 없
이 흩어져 사라져버릴 것이다. 하지만 한 편의 시는 그 한 번
뿐인 추억의 순간을 어떤 사진보다 더 선명하게 담아낸다.
그리하여 그 속절없는 기다림의 시간은 결코 헛되지 않다.
그 기다림의 시간이 없었다면, 나처럼 외롭고 나처럼 앓고
있는 타인의 상처 입은 영혼을 만날 수 없었을 것이므로.

죽지 않는
죽음이
있다

흑백으로 촬영한 이유는 간단합니다. 제사를 지내는 사람이
라면 검은색 옷을 입지 빨간색, 파란색, 노란색을 입지는 않습
니다. 제주는 워낙 아름답다고만 알려져 있고, 사람들은 그 아
름다움만 보려고 하면서 그 밑에 있는 이야기에는 관심을 가지
지 않습니다. 저는 그걸 보여주고 싶었습니다.

— 영화 「지슬」의 오멸 감독 인터뷰 중에서

세상에서 가장
슬픈 감자, 지슬

「지슬」을 보기 전, 나는 세상에서

가장 슬픈 영화를 상상했다. 나는 펑펑 울 수 있는 시간을 원하면서도 그 시간이 못내 두려워 일부러 '눈물의 시간'을 미루는 심정으로, 꼭 봐야겠다고 생각하면서도 차일피일 미루었다. 마음껏 눈물 흘리기 위해 일부러 혼자 영화관으로 가서 막상 관람하고 나니, 「지슬」은 너무 슬퍼서 놀라운 영화가 아니었다. 영화를 보고 난 후 첫 번째로 든 생각은 바로 이것이었다. 이토록 슬픈 사람이 이토록 강인하다니. 내가 본 수많은 '상처 입은 사람들의 이야기' 중에서 「지슬」은 단연 돋보였다. '억눌리고 짓밟힌, 힘없는 피해자'의 목소리가 아니라 그 어떤 가해자나 방관자들보다 오히려 피해자가 '강인하다'는 것을 보여준 이야기는 「지슬」이 처음이었다. 짓밟혀도 난자당해도 피해 보상은커녕 피해 사실조차 인정받지 못해도, 그들은 강인했다. 그것은 감독의 강인함이기도 하지만, 작품 자체의 강인한 생명력일 뿐 아니라 4·3 사건의 원혼들을 가슴에 품고 살아가는 모든 사람들의 강인함이기도 했다. 나는 중간중간 눈시울을 붉히기도 했지만 그것은 '예술로 승화되는 슬픔' 때문이 아니라 '우리 가슴속에서 마치 처음인 듯, 새롭게 시작되는 슬픔' 때문이었다.

 '지슬'을 컴퓨터 자판으로 두드리면 빨간 줄이 뜬다. 컴퓨

터가 이 단어는 표준어가 아니라는 사인을 보내는 것이다.
하지만 서울에서만 표준어가 아닐 뿐 제주도에서 지슬은 표
준어다. '제주 사투리'가 아닌 '제주어'로, 지슬은 감자를 뜻
한다고 한다. 투박한 감자의 모양새와 어울리지 않게 '지슬'
이라는 낱말은 해맑은 소녀의 눈가에 맺힌 이슬처럼 영롱한
어감을 지녔다. 내게 잊을 수 없는 감자의 기억은 원래 고흐
의 그림 「감자 먹는 사람들」에 나오는 그 울퉁불퉁한 감자
들의 어둡고 서글픈 실루엣으로 남아 있었다. 그것이 미디
어 키드로 자란 내가 공감할 수 있는 가장 슬픈 감자의 기억
이었다. 하지만 「지슬」은 내 가슴속에서 찬란히 빛나던 고
흐마저 밀어냈다. 이제 감자를 보면 나는 고흐가 아닌 「지
슬」을 떠올릴 것 같다. 역사책 속에 아주 조그맣고 조심스럽
게만 '그들의 아픔'으로 언급되어 있었던 4·3 사건은, 이제
는 흔해빠진 감자를 바라볼 때마다 아프게 떠오르는 '우리
모두의 아픔' 속으로 성큼 걸어 들어왔다.

　1948년 11월 제주도. "해안선 5킬로미터 밖 모든 사람을
폭도로 여긴다"라는 해괴한 소문이 돌면서 제주 사람들은
아무런 죄도 없이 '빨갱이 사냥'을 피해 쫓겨 다니는 신세가
된다. 미군정의 결정으로 이 전대미문의 잔혹한 민간인 학

살은 시작되었고, 수많은 군인들은 '빨갱이를 향한 막연한 적대감'이나 '오직 명령을 따라야만 하는 군율' 때문에 학살의 대오에 참여하게 된다. 지금처럼 인터넷을 비롯한 각종 미디어도 발달하지 않은 상황이었기에, 섬사람들의 고립감은 훨씬 심각했을 것이다. 그들은 영문도 모른 채 목숨을 위협받았지만, 답답한 큰넓궤 동굴에 숨어서도 서로의 자잘한 안부를 걱정해주며 소박한 웃음거리를 나누면서 힘겨운 도피 생활을 견딘다. 집에 혼자 두고 온 돼지 걱정, 곧 출산할 아이 걱정, 다리가 불편하다며 피난을 거부한 어머니 걱정, 사라진 딸내미 순덕이 걱정으로 저마다 잠 못 이루면서도 '언젠가는 좋은 날이 올 것'이라는 희망을 잃지 않는다. 그들이 아직 웃을 수 있었던 것은 '설마 죄 없는 사람들을 빨갱이로 몰아 죽이지는 않겠지'라는 지극히 인간적인 희망 때문이었을 것이다. 하지만 군인들은 눈에 보이는 모든 제주도 토박이들을 빨갱이로 몰아세우며 잔인하게 학살한다.

잔인한 폭력의
실체를 향하여

이 영화에서 가장 많이 불린 이름
은 '정길이'와 '순덕이'다. 정길이는 끊임없이 상부의 지시를
따라야 하는 군인의 대명사로서 영화의 후반부로 갈수록 진
정한 주인공으로 거듭나고, 순덕이는 죄 없이 죽어가야 했
던 어린 영혼의 대명사로 영화가 끝난 후에도 관객의 뇌리
에서 좀처럼 지워지지 않는다. 순덕이는 책을 찾으러 마을
로 내려갔다가 군인들에게 잡혀 참혹한 봉변을 당하고 그것
도 모자라 잔인하게 학살당한다. 스무 살도 채 안 된 앳된 소
녀의 육체를 유린하고 그녀의 머리에 총까지 겨눈 군인은
아무런 죄책감도 없이 '다음 사냥감'을 향해 발길을 돌린다.
그런 냉혈한들이 단지 '상부의 지시'만을 충실히 따르며, 아
니 그 지시 이상의 악행을 저지르는 동안, 아무런 힘이 없지
만 자신이 옳다고 여기는 것을 향해 묵묵히 걸어가는 사람
들도 있었다.

스무 살 신병 상덕의 눈에 비친 4·3 사건은 죄 없는 사람
들을 빨갱이로 몰아 사냥하는 잔혹한 대학살극이었다. 상덕
은 순덕을 향해 차마 방아쇠를 당기지 못하지만, 상사에게
유린당하는 그녀의 운명을 지켜보며 차라리 그녀를 쏴버려
야 했다며 자책한다. 어느 쪽을 선택해도 순덕은 결코 구원

될 수 없는 상황이었던 것이다. 바로 눈앞에서, 사랑했던 그
녀를 끝내 구하지 못한 자책감에 눈물 흘리는 만철. 영문도
모른 채 만철을 따라 냅다 뛰어가는 '말다리' 상표. 순덕을 사
랑했던 두 청년이 뛰어 올라가는 제주도의 아름다운 '오름'
과 죽어간 순덕의 가녀린 실루엣이 오버랩되는 장면은 슬프
도록 아름답고, 아름다워서 더욱 슬프다. 오늘도 수많은 관
광객들이 낭만적인 산책로로 선택하는 그곳. 수많은 육지
사람들이 여행의 추억을 만들어가는 그 아름다운 제주의 오
름들. 그 모든 오름들은 하나같이 4·3 사건 당시 이름도 묘
비도 없이 죽어가야 했던 수만 명의 넋이 깃든 슬픔의 장소
였던 것이다.

정길은 시간이 지날수록 점점 '관찰자'에서 '주인공'으로
바뀌어가는 독특한 인물이다. 「지슬」이 다른 역사적 트라
우마를 다룬 수많은 이야기들과 결정적으로 갈라지는 지점
도 바로 정길의 존재를 그리는 방식이다. 정길은 원래 공식
적으로 가해자의 편에 서 있는 인물이다. 그러나 얌전히 상
관의 명령을 따르는 것처럼 보였던 정길은 어느 순간 관객
이 가장 가깝게 감정 이입할 수 있는 존재로 변모해간다. 정
길은 영화 초반부부터 꾸준히 등장하지만 계속 철모에 얼굴

이 가려 '눈이 보이지 않는 존재'로 그려진다. 그러다가 점점 그의 모습이 클로즈업되기 시작하면서 관객은 헷갈리기 시작한다. 군인이니까 당연히 남자일 거라고 생각했던 관객의 익숙한 판단은 정길이 물동이를 등에 지고 걸어가는 뒷모습에서 흔들리기 시작한다. 정길은 정말 남자일까. 혹시 정길은 여자가 아닐까. 오멸 감독의 인터뷰에 따르면 정길은 실제로 여자라고 한다. 정길에게 '설문대할망'이라는 제주도 신화의 여신 이미지를 부여하고 싶었다고. 제주도 신화에서 설문대할망은 500명의 아이를 낳은 거인인데, 그 수많은 자식들을 먹여 살리기 위해 죽을 끓이다가 힘에 부쳐 그만 솥에 빠져버리고 만다. 아이들은 그것도 모른 채 어머니의 육신이 삶아진 죽을 먹고 무럭무럭 자라게 된다. 설문대할망은 자신의 육체를 던져 사랑하는 아이들을 키운 이 세상 모든 어머니들의 상징이 아닐까.

정길이 힘겹게 물을 길어 거대한 가마솥에 '삶아 죽인' 김 상사는 바로 이 잔인한 학살의 원흉이었다. 그는 순덕이를 겁탈했고, 그녀를 죽였으며, 수없이 많은 사람들의 뜨거운 피를 손에 묻혀가며 학살을 즐겼다. 정길은 동네 오빠를 쫓아다니다가 전쟁 통에 갈 데가 없어서 군복을 입고 군에 들어간 캐릭터로 그려졌다고 한다. 정길은 마치 제주 신화의 여전사 바리데기처럼 스스로도 '버려진 존재'이면서 오히려 자기보다 더 아픈 사람들을 구하려는 존재이기도 하다. 정길은 제주도 주민의 정체성과 군인의 정체성을 함께 체험하는 양면적 인물이다. 그녀의 분노가 극에 달해 마침내 상사를 삶아 죽이기까지의 과정은 단순한 복수가 아니다.

그 거대한 가마솥은 원래 군인들이 돼지를 삶아 포식하기도 하고, 목욕을 즐기기도 했던 '쾌락의 도가니'였다. 그러나 정길이 그 거대한 가마솥을 징벌의 도구로 사용하게 되자 그 가마솥 또한 뜨거운 상징으로 거듭난다. 4·3 사건이 일어난 지 60여 년이 지나서야 비로소 해원解寃의 진혼굿을 올릴 수 있게 된 감독의 제의적 몸짓. 나아가 6·25 다음으로 많은 사람이 죽었지만 여전히 가해자 처벌은커녕 제대로 된 진상 규명조차 끝나지 않은 4·3을 향한 우리 '살아남은 사람들'의 슬픔의 용광로처럼 보인다. 솥에 갇힌 채 제발 좀 살려달라며 온갖 감언이설로 정길을 꼬드기는 김 상사를 향해 정길은 무심하게 속삭인다. "이제 그만 죽이세요." 속삭이듯 말하는 정길의 구슬픈 독백은 영화의 목소리를 넘어 관객의 목소리로 아프게 전이된다.

가마솥의 복수
지슬의 사랑

　　　　　　　　　정길의 손은 원래 군인들의 온갖
허드렛일을 도맡던 '복종의 손'이었다. 그녀는 끊임없이 물
동이에 물을 길어 솥에 들이부었고, 그 물로 군인들의 밥을
해 먹이고, 그 물로 군인들을 씻겼다. 그녀는 군인이었지만
군인들에게도 필요했던 '어머니의 손길'을 대신하는 존재였
다. 그녀가 그 '모성의 솥'으로 상사를 살해함으로써 폭력을
끝장내려 한 것은 더 커다란 모성의 발로이기도 했다. '더 이
상 사람들을 죽이지 말라'는 그녀의 메시지는 잘못된 길로
빠진 '수많은 김 상사들'을 향한 안타까운 모성의 절규이기
도 했다.

　오멸 감독은 말한다. 어쩌면 김 상사조차도 설문대할망이
품어야 하는 또 하나의 대상이 아닐까 생각했다고. 정길이
힘겹게 물동이를 나르며 온몸에 땀과 물을 함께 흘려 군복
을 적시는 장면은 더없이 뭉클했다. 물동이에서 흘러내리는
그 물은 바로 그녀가 온몸으로 흘리는 눈물 같았기 때문이
다. 정길은 단순히 가해자의 편이나 피해자의 편에 서는 것

이 아니라, 가해자도 사실 피해자가 될 수 있음을, 가해자의 편에 선 자도 마침내 구원의 주체가 될 수 있음을 보여주는 따스한 희망의 상징이 된다.

마침내 이 영화의 가장 뜨거운 상징, '지슬'이 주인공으로 등장할 차례다. 지슬은 원래 고난 속에서도 소박한 희망을 잃지 않는 마을 사람들의 훈훈한 인심을 상징하는 것이었다. 사람들은 피난이 길지 않을 거라고 믿었기 때문에 집에서 감자를 삶아 와 나누어 먹으며 곧잘 농담까지 섞어가며 하루하루를 버티고 있었다. 마침내 먹을 것도 떨어지고, 죽음의 위협이 점점 목줄을 죄어오자, 무동은 두고 온 노모를 향한 걱정 때문에 목숨을 걸고 마을로 내려가게 된다. 아내는 곧 둘째 아이를 출산할 예정이고, 동굴에서 기다리고 있는 사람들은 모두 무동에게서 뭔가 좋은 소식을 기대하고 있다. 하지만 무동은 어떤 좋은 소식도 가져갈 수 없었다. 무동이 마을에 당도했을 때는 이미 노모가 잔혹하게 살해당한 뒤였던 것이다.

살해당하면서도 아들 가족의 안부와 동네 사람들의 무사함을 기원했던 어머니는 '지슬'을 가득 끌어안고 불태워졌다. 그녀가 마지막으로 남긴 말은 관객의 가슴을 울린다. "빨갱이가 뭐산디사." 도대체 빨갱이가 뭐길래, 죄 없는 사람들이 3만여 명이나 학살당해야 했던 것일까. 이데올로기를 핑계로 인간의 목숨을 도륙했던 자들의 영혼은 도대체 어떻게 용서받을 수 있을까. 인간의 사악함은 단지 그의 악행만으로 증명되는 것이 아니다. 악행보다 더욱 무서운 것은 뉘우침이 없는 것이다. 죽을 때까지도 뉘우치지 않는 사람, 자신의 행동에 어떤 후회도 회한도 없는 사람이야말로 영원히 용서받을 수 없는 존재가 아닐까.

무동은 어머니를 구하지 못한 죄책감을 끌어안고 큰넓궤 동굴로 돌아와 사람들에게 그 눈물겨운 '지슬'을 먹인다. 어머니의 작고 여린 몸은 그 자체로 온몸이 장작불이 되어 지슬을 구워냈던 것이다. 추위와 굶주림으로 녹초가 되어 있던 사람들은 무동이 가져온 지슬을 보며 반색을 한다. "아이고 아직도 따뜻하네." "돌다, 돌아(달다, 달아)." 두건을 눌러쓴 채 눈물을 삼키는 무동에게 사람들은 "고맙다"를 연발하고, 왜 너는 같이 먹지 않느냐고 묻는다. 지슬을 따로 챙겨둘 테니 나중에 먹으라고 말하는 만삭의 아내를 향해, 무동은 눈물을 삼키며 "응"이라고 대답한다. 어머니의 마지막 숨결을

태워 만든 지슬구이는 그렇게 산삼보다 더 귀한 생명의 은
인이 되어 사람들의 배 속으로 들어간다. 앞으로 남은 것은
오직 고통뿐일지라도, 모두가 다정하게 모여 지슬을 먹는
그 순간만큼은, 그들은 행복했다. 지슬은 죽은 자와 살아남
은 자를 이어주는 영혼의 매개체가 되어주었던 것이다.

　이 영화는 가짜 희망을 말하지 않는다. 할리우드 영화라
면 영화의 마지막 장면에서 죽은 엄마의 품속에서 살아남
은 갓난아이를 보물처럼 들어 올리는 또 하나의 손 정도는
있었을 것이다. 심지어 「추격자」 같은 철저히 디스토피아적
인 영화 속에서도 엄마 잃은 아이의 고사리 같은 손을 잡아
주는 '나쁜 남자'의 회한이 있지 않았던가. 하지만 「지슬」은
슬픔을 슬픔대로, 고통을 고통 그대로, 죽음을 죽음 그대로
견뎌야 한다고 말하는 것 같다. 「지슬」은 섣불리 치유를 말
하기보다는, 이 참혹한 '죽음의 부활'은 이제 막 시작되었음
을 알리는 장엄한 서곡처럼 느껴졌다. 절망에 대한 자동적
인 리액션처럼 반사적으로 튀어나오는 희망이 아니라, 오래
곱씹고, 오래 절망하고, 이제 막 기억의 '제의'를 시작하자는
몸짓. 그것은 단지 '피해자의 아우성'이 아니다. 그 몸짓 속에
는, 역사를 가장 편안한 '객관적 다큐멘터리의 각도'가 아니

라, 가해자는 물론 이 사건에 무관심한 사람들까지 포함하
여 모든 각도에서 바라보는 길을 터득한 감독의 강인한 시
선이 녹아 있었다. 시니컬한 절망의 언어도, 기계적인 감동
을 추구하는 거짓 희망의 언어도 아닌. 그럼에도 불구하고
나는 '지슬'이야말로 몸 전체로 희망을 말하는 육체의 언어
임을 느낀다. 무동의 어머니는 목전의 죽음을 기다리는 순
간에도 자신의 몸 전체를 태워 감자를 구워냈다. 그 참혹한
인신 공양이 만들어낸 달콤한 지슬은, 죽어가면서도 남겨진
사람들의 삶을 걱정했던 우리 모두의 어머니들이 품었던 가
없는 자비, 그 자체이기에.

    어떤 죽음이 진정으로 그 공동체의 '역사적 기억'으로 자
리 잡기 위해서는 어떤 방식으로든 '상징화'가 필요하다. 4·3
은 우리 역사 속에서 마치 판도라의 상자에 갇힌 비밀처럼
좀처럼 쉽게 꺼내질 수 없는 집단적 트라우마였다. 「지슬」
은 마침내 그 견고한 판도라의 상자를 힘차게 열었다. 우리
는 이 아름다운 영화로 인해, 그토록 어렵고 두렵고 서럽기
만 했던, 그리하여 무엇이라 상징화할 수 없었던 그 수많은
죽음들을 향해, 비로소 '지슬'이라는 뜨거운 상징을 부여할
수 있게 되었다.

옛사랑,
희미할수록
더욱
아름다워지는
추억

아무리 익숙해지려고 해도 좀처럼 무뎌지지 않는 기억들
이 있다. 얼마 전 '옛사랑'이라는 테마로 한 잡지의 원고 청
탁을 받았을 때 마치 불에 덴 것처럼 화들짝 놀라는 나를 발
견했다. 왜 모든 추억의 열기가 사라지고, 미련마저 흔적 없
이 사라진 뒤에도 아련한 슬픔만은 사라지지 않는 것일까.
아직은 '옛사랑'이라는 것을 추억하며 아련한 회상에 잠기
는 일에 익숙하지 않았나 보다. 무엇보다도 모든 지나간 사
랑의 기억 속에는 아픔이나 눈물이 깃들어 있기에 쉽게 꺼
내 펼쳐 보기가 두려웠다. '아픔 없는 사랑의 기억은 없나' 하
고 마음속에 물어봤더니, 그야말로 정말 오래된 기억 하나
가 툭 튀어나왔다. 초등학교 시절의 짝꿍이었다. 나에게 좋
은 추억만 남겨준 착하고 순한 아이, 전에는 '사랑'이라는 이
름으로 분류되지 않았지만 아주 어린 시절의 '볼 빨간 설렘'

도 사랑에 속할 수 있다면, 분명 나의 첫사랑이라고 할 수 있는 초등학교 시절의 짝꿍 K였다.

K를 생각할 때마다 내 마음속에서는 웃음이 번져 나온다. K는 나의 일거수일투족에 귀여운 잔소리를 늘어놓았다. 당시 '깍두기공책'이라는 것이 있었는데, 원고지처럼 칸막이가 쳐진 네모난 공간 하나하나에 글자를 써넣는 노트였다. 깍두기공책에 글쓰기 숙제를 할 때마다 K는 나의 손 글씨를 유심히 들여다보며 마치 어른처럼 훈수를 두었다. "여울아, 글씨 또 삐져나왔다." "너는 글씨가 왜 이렇게 삐뚤빼뚤하니?" 나는 입술을 삐죽거리며 짝꿍 K를 노려보았지만, 그 아이가 싫지 않았다. 그 아이가 내 글쓰기를 가만히 바라보는 시간이 행복했던 것 같다. 학교에서 집으로 돌아오는 길은 비탈이 심한 내리막길이었는데, K와 나는 그냥 같이 오면 될 것을 꼭 멀찌감치 떨어져서 걷곤 했다. K는 저만치 멀리 떨어져 걷다가, '얘가 어딜 갔나' 궁금해질 시점이 되면 꼭 눈앞에 나타나 씩 웃곤 했다. 둘 중 한 사람만 용기가 있었다면 이렇게 말하며 같은 속도로 걸을 수 있었을 텐데. "그냥 같이 가면 되잖아!" 졸업 후 한 번도 K를 본 적이 없지만, 나는 그를 영원히 '내 착하고 귀여운 짝꿍'으로 기억하고 싶다.

나에게 아픔으로 남지 않은 유일한 옛사랑의 추억을 선물
해준, 어린 시절 짝꿍 K. 심각하고 진지한 감정은 아니었지
만 오히려 '사랑이 무엇인지 전혀 모르는 시절의 사랑'이었
기에 풋풋한 감정 그 자체로 나에게 아름다운 시간이었다.
나이가 들어간다는 것, 그것은 어쩌면 옛사랑의 추억조차도
더 이상 한숨과 후회 없이 끌어안을 수 있는 마음의 여백을
가꾸는 일이 아닐까.

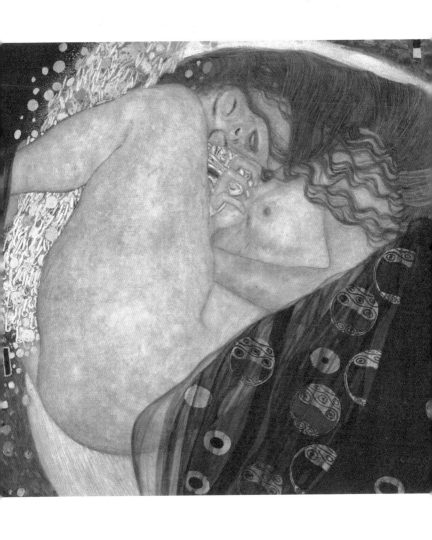

내
인생의
아이템,
피아노

가끔 '이것이 없었다면, 내 인생이 전혀 다른 방향으로 바
뀌지 않았을까' 하는 질문을 던져본다. 한 사람의 인생에서
소중한 사물들의 추억은 의외로 아주 많다. 유난히 정이 들
고 자주 입고 싶어지는 옷이나, 맞춰 신은 듯 꼭 맞는 편안한
신발, 술술 잘 써지는 펜도 좋은 물건이지만, 때로는 사람 못
지않게 그리운 물건, 그것이 없다면 무척이나 안타까울 것
만 같은 물건도 있다. 어린 시절 동생들과 매일 쓰다듬고 놀
았던 헝겊 인형도 그립고, 티셔츠 하나를 세 자매가 서로 입
겠다며 싸워서 엄마가 똑같은 티셔츠 세 벌을 사주셨던 기
억도 있다. 세뱃돈을 몇 년 동안 모아 처음으로 샀던 전축 위
에 엘피판을 올려놓고 밤낮으로 들었던 기억, 친구가 선물
한 비디오테이프를 수십 번도 넘게 돌려보며 울고 웃었던
기억도 내가 거쳐온 '사물들의 역사' 속 한 페이지로 고이 간

직되어 있다. 내 인생의 아이템은 꼭 한 가지의 물건이 아니라, 내 삶을 조금씩 가꾸고 매만지고 따뜻하게 해주었던 모든 사물들인 것 같다. 하지만 그중에서 꼭 한 가지만 선택해야 한다면, 나는 피아노를 꼽고 싶다.

매일 쓰는 휴대폰이나 노트북컴퓨터도 수많은 사람들의 인생을 바꾸었겠지만, 내게는 피아노가 가장 큰 영향을 끼친 사물이 아닐까 싶다. 내 인생에는 무려 세 대의 잊을 수 없는 피아노가 있었다. 일곱 살 때, 열일곱 살 때, 그리고 서른이 넘은 어느 날. 그 피아노가 한 대 한 대 내 마음에 새겨놓은 추억의 잔상들은 내 인생의 보이지 않는 불빛이 되어, 지금도 우울한 기분이 들 때마다 내 인생을 환히 비춰주는 등대가 되었다.

피아노가 처음 우리 집에 들어오던 날을 아직도 기억한다. 일곱 살 때였다. 비가 추적추적 내리던 날, 우리 집 대문이 피아노가 들어오기에는 너무 작아서, 대문을 아예 뜯어내야 했다. 그때 부모님의 마음 한구석도 와드득 뜯겨나갔을 것이다. 철없는 나는 부모님께 그토록 사달라고 졸랐던 피아노가 드디어 들어오는 날이라 부모님 마음이 찢어지는 것도 몰랐다. 그 시절에는 피아노가 없는 집들이 더 많았다. 나는 친구네 집에 피아노가 있는 것을 보고 엄청난 문화적 충격을 받고는 그때부터 "피아노 사달라"라며 노래를 불렀다. 어머니의 회상에 따르면, 그때 피아노 가격이 아버지 월급의 세 배가 넘었다고 한다. 지금도 부모님께 서운한 일이 생길 때면, 그때 그 시절 부모님의 마음을 떠올려본다. 아무리 형편이 어려워도, 어린 딸의 간절한 소원을 들어주기 위해 엄청난 무리를 감수하셨을 부모님의 마음을 떠올려보면, 웬만한 서운함은 가라앉곤 한다.

그 후 피아노는 나의 가장 친한 친구가 되었다. 친구에게 토라졌을 때나, 학교에서 선생님께 꾸중을 맞고 쓸쓸한 마음으로 집에 돌아올 때도, 피아노는 언제나 내 가장 반갑고 따스한 친구가 되어주었다. 한동안 조율을 하지 않아 '미'나 '파' 건반이 잘 눌러지지 않을 때도, 나는 용케 그 부분을 쏙 빼거나 한 옥타브 높여서 연주를 하곤 했다. 친지들의 결혼식장에서 나는 멘델스존의 「결혼행진곡」을 연주하기도 했고, 학교의 합창단 반주를 하기도 하면서 '수많은 사람들 속에서' 피아노 소리가 더욱 아름답고 영롱하게 울린다는 사실을 깨닫기도 했다. 그 피아노로 나는 세 명의 이모와 세 명

의 고모들의 결혼식에서 축가를 울려주었고, 두 번의 합창
대회와 셀 수 없이 많은 생일 축하 노래 그리고 크리스마스
캐럴을 연주했다. 내가 기억하는 내 첫 번째 장래 희망은 피
아니스트였다. 중학교 때 잠깐 예술 고등학교에 가고 싶다
는 생각을 했지만, 일찌감치 '내 재능이 그 정도까지는 안 되
는 것 같다'는 냉정한 판단을 내린 뒤였기에 후회는 없었다.
그런데 고등학교 2학년 때 성적이 많이 떨어져서 고민에 빠
져 있을 때, 뜻밖에도 내게 두 번째 피아노가 생겼다. 아버지
는 내가 힘들다는 표현을 한 적이 없는데도, 내 마음이 어지
럽고 혼란스럽다는 사실을 알아차리셨던 것 같다. 그런 내
게 아버지는 아무 말 없이 선물을 해주셨는데, 그것이 바로
내 두 번째 피아노였다.

  내 두 번째 피아노는 전자 키보드였다. 피아노 소리뿐 아
니라 첼로 소리, 바이올린 소리, 드럼 소리 등 80여 가지의
악기 소리를 내는, 당시로서는 매우 신기한 악기였다. 나중
에 알고 보니, 부모님은 내가 집안 형편 때문에 예술 고등학
교에 진학하지 않은 거라고 생각하시고는 미안한 마음을 갖
고 계셨다고 한다. 물론 집안 형편도 고려했지만, 예고 입시
를 준비하지 않은 더 중요한 이유는 내 적성이 인문계 쪽으

로 더 기울어져 있는 것 같아서였다. 하지만 부모님은 내가 예고에 갔다면 더 마음껏 꿈의 날개를 펼칠 거라고 생각하셨는지, 그 미안한 마음을 선물로 표현하신 거였다. 나는 스스로 피아노에 특별한 재능이 있다고 생각하지 않았다. 나는 별것 아니라고 생각했던 내 모자란 재능을, 부모님은 '소중하다'고 생각해주신 그 마음이 어여뻐서, 참으로 뭉클했다.

그런데 엉뚱하게도 이 두 번째 피아노는 내 인생을 전혀 다른 쪽으로 끌고 갔다. 두 번째 피아노가 이전의 아날로그 피아노와 전혀 달랐던 특·장점은 바로 기다란 가방에 쏙 넣어 어디든 들고 다닐 수 있다는 점이었다. 나는 소풍 때나 각종 행사가 있을 때, 그 전자 키보드를 가져가 온갖 노래의 반주를 도맡곤 했다. 친구들은 그때부터 나에게 '딴따라'라는 별명을 지어주었다. 재미없는 모범생으로 학창 시절을 끝낼 뻔했던 나는 새로운 별명이 무척 마음에 들었지만, 부모님은 황당한 표정을 감추지 못하셨다. 혼란스러운 마음을 가라앉히고 더 열심히 공부하라는 뜻으로 사주신 전자 키보드를 나는 '친구들과 더 잘 놀기 위한 도구'로 쓰고 있었으니, 부모님은 얼마나 후회막급이셨을까. 하지만 단기적으로는 나를 '딴따라'로 내몰았던 그 전자 키보드가 장기적으로는 내게 소중한 추억과 커다란 치유를 선물해주었다. 지금도 내가 거쳐온 수많은 별명들 중에서 가장 마음에 드는 것은 바로 '딴따라'다. 내가 좀 더 부드럽고 환하게, 사람들과 잘 어울릴 수 있는 존재라는 희망을 심어주었기에. 내 안의 아주 밝고 환한 에너지를 끌어내준 그 별명을 나는 지금도 무척 좋아한다.

　내 인생의 세 번째 피아노는 서른이 넘은 뒤에, 정말이지 뜻밖의 사건을 통해 나에게 도착했다. 삼십 대 초반, 나는 개인적으로 굉장히 힘든 일을 겪고 있어서 매사에 의욕이 없고 심한 우울감에 빠져 있었다. 과연 내가 계속 글을 쓰며 살아갈 수 있을까, 무사히 이 고비를 넘기고 평화로운 일상을 되찾을 수 있을까, 아무런 확신이 없던 때였다. 혹시 본격적인 우울증 치료가 필요한 것이 아닐까 싶을 정도로 힘든 시간을 보내고 있었는데, 정작 몸이 아파도 병원에 갈 시간도 없이 바쁜 나날이었다. 그러던 어느 날 갑자기 남편으로부터 전화가 왔다. "디지털 피아노 브랜드 중에서 어떤 게 제일 좋은 거야?" 나는 제일 좋은 게 따로 있는 건 아니고, 보통 가정용으로 쓰기에는 어떤 것이 좋다는 조언을 해주었다. 누가 남편에게 디지털 피아노에 대한 정보를 물어보나

싶어 갑자기 생뚱맞다는 생각이 들었다. 그날 오후, 우리 집
에 떡하니 디지털 피아노가 도착했다.

　나는 마침 어두운 방구석에 앉아서 침울한 상태에 빠져
있었다. 갑자기 무슨 물건이 배송되었다고 해서 짜증이 먼
저 났다. 아무것도 하기 싫고, 아무도 만나기 싫은 나날들이
었다. 그런데 문을 열고 나니 배송 기사님과 함께 낯익은 얼
굴이 등장했다. 남편이었다. 그는 이렇게 말하며 디지털 피
아노를 가리켰다. "네가 요새 너무 힘들어해서, 내가 큰맘 먹
고 적금 깼어." 머릿속이 하얘지는 기분이었다. 아, 이럴 것
까지는 없는데. 미안한 마음과 고마운 마음, 어찌할 바를 모
르겠다는 생각이 뒤얽혀 눈물이 흘러나왔다. 그 당시 우리
형편을 생각하면, 사실 그렇게 값비싸고 덩치까지 큰 디지
털 피아노를 산다는 것은 지혜롭지 못한 선택이었다. 하지
만 경제적 형편과 마음의 형편은 정말 달랐다. 디지털 피아
노와 함께한 뒤, 내 우울한 아침은 화사하게 바뀌었다. 때로
는 밤에도 헤드폰을 낀 채로 겉으로는 전혀 드러나지 않게
아주 조용하게 피아노를 연주할 수 있었으니. 경제적 형편
은 어려웠지만 마음의 형편은 좋아진 것이다. 결혼 후에는
피아노를 친정에 두고 왔기에 한동안 연주를 할 수 없었는

데, 남편은 한때는 내게 분신 같았던 피아노가 내 곁에 없음을 안타깝게 여겼던 것이다. 그날부터 어깨 위에 무거운 바위를 얹고 사는 것만 같았던 내 안의 깊은 우울은 매일 울리는 해맑은 피아노 소리로 인해 조금씩 가벼워졌다. 지금도 내가 글을 쓰고 있는 의자 바로 앞에는 이 정든 디지털 피아노가 덩그러니 앉아 있다. 야행성인 내가 밤에 피아노를 치고 싶어 할 것을 '대비'하여 남편은 디지털 피아노를 선택했다고 한다.

지금도 세상의 모든 악기를 보면 가장 먼저 떠올리는 단어는 바로 '치유'다. 내가 음악으로 인해 받은 따스한 온기와 위로는 세상 무엇을 주어도 바꿀 수 없는 소중한 경험이었으니. 사물들은 저마다 자기만의 언어로 인간에게 은밀한 말을 건다. 오래된 의자는 '이제 그만 편안히 앉아서 쉬어보라'고 권유하는 듯하고, 보송보송한 이불이 덮인 침대는 '하루의 피로를 잠으로 풀어보라'고 유혹하는 것 같다. 창문은 바깥을 향한 호기심을 자극하며 '나를 꼭 한번 열어봐'라고 속삭이는 듯하고, 멋진 신발은 '집에만 있지 말고, 얼른 세상 밖으로 나가 꿈을 펼쳐봐!'라고 부추기는 것 같다. 삶을 바꾸는 사물들은 단지 '상품'으로서 존재하는 것이 아니라, 마

치 살아 있는 존재처럼 의인화되어 우리 곁의 또 다른 친구
로 살아 숨 쉰다. 사물을 가지는 데 필요한 것은 돈일지 몰라
노, 사물들을 가꾸고 그 속에 숨은 소중한 언어를 끌어내는
것은 '인간의 마음'이다. 울리고 매만지고 켜지 않으면 어떤
위대한 악기도 고물이 되어버리고 말듯이, 우리에게 소중한
사물들은 우리의 따뜻한 손길과 다정한 말 걸기를 기다리고
있다.

모두가
무엇이
중요한지
알았던
시절의
이야기

어린 시절에 읽었던 이야기가 어른이 되면 전혀 다른 울
림으로 다가올 때가 많다. 그것은 세상살이의 어려움과 아
픔 때문이기도 하고, 성장의 우여곡절 끝에 얻어온 작은 깨
달음 덕분이기도 하다. 워낙 오래전에 읽어 기억조차 가물
가물한 책이 자꾸만 시선을 잡아끌 때가 있다. 그때는 이제
'이 책을 다른 시선으로 읽을 시간'이 되었다는 의미다. 최근
에는 이미륵의 『압록강은 흐른다』가 그랬다. 어린 시절에는
'이렇게 힘든 세상에서, 자신의 장래도 꿈꾸기 바쁠 시간에
나라의 미래까지 책임지는 한 소년의 이야기'가 한없이 멋
져 보였다. 이미륵의 자전적 이야기를 담고 있는 이 소설은
유년 시절 조선이 일본에 합병되는 것을 지켜본 한 소년이
어떻게 3·1 운동에 가담하게 되는지, 3·1 운동 가담 학생들
에 대한 대대적인 체포와 구금을 피해 중국과 필리핀을 거

쳐 독일로 배를 타고 유학을 가기까지의 기나긴 여정이 한 폭의 장엄한 수묵화처럼 섬세하게 그려져 있다. 명절날 어여쁜 설빔과 맛깔스러운 음식에 둘러싸여 행복한 한때를 보내는 가족의 일상은 어린 소년 미륵이 맛보았던 최고의 행복이었다.

다음 날 아침, 제일 좋은 옷으로 단장한 우리들은 친척 집들과 친한 이웃집으로 세배를 하러 갔다. 지독히도 추운 날이었다. 길은 꽁꽁 얼어서 거울처럼 반짝거렸고, 살을 에는 찬 바람이 불어왔다. 그래도 우리는 이 집 저 집을 신나게 뛰어다니며, 암기해두었던 덕담을 건넸다. 어디를 가든 정다운 말로 환대를 받았고, 과자와 과일을 대접받았다. (…) 얼굴을 찡그리는 사람도 없었고, 듣기 싫은 말을 하는 사람도 없었다. 나더러 온종일 아무것도 하지 않는 놈이라고 핀잔을 주었던 우리 집 마름 순옥도 오늘만큼은 아주 상냥했다. 그는 내가 바른 사람이 될 거라고 했다. 모든 사람들이 우리와 재미난 이야기를 나누었고 우리에게 선물도 주었다. (…) "세상에 이렇게 좋을 수가!" 나는 혼잣말로 중얼거렸다. 수암은 벌써 코를 골고 있었다.

— 이미륵, 박균 옮김, 『압록강은 흐른다』, 살림,

　2016, 52~53쪽.

더 많은 것을
나누었던 그 시절

　　　　　　　　어린 시절 내 눈에 비친 이미륵 선
생은 '나라가 가장 어렵던 시절에 온갖 산전수전을 다 겪고
마침내 자신이 원하는 길을 찾은 영웅'으로 보였다. 어린 내
게 우리나라는 번영과 안정의 탄탄대로에 있는 듯했던 것이
다. '지금 이 시대가 앞선 시대보다 훨씬 진보된 시대'라는 굳
건한 믿음 속에서 읽었던 모든 책들은 그래서 안타까운 연
민을 자아냈다. 우리에게는 훨씬 더 많은 선택지가 있는데,
그들에겐 '생존이냐 죽음이냐' 같은 절박한 선택지밖에 없
던 것으로 보였기 때문이다. 하지만 오랜 시간이 지나 다시
읽어보니 결코 우리 시대는 구한말에서 1910년대 말에 이
르는 그 엄혹한 시절보다 나아졌다고 할 수가 없었다. 물론
'목구멍이 포도청'이라는 생존의 진실을 외면하지 못한 사
람들도 많았지만, 나라를 빼앗긴 최악의 상황에 처해 있던

사람들은 그럼에도 불구하고 희망을 찾으려 노력했다. 미륵
의 부모와 주변인들도 바로 그런 사람들이었다. 미륵의 아
버지는 동양 경전의 가르침에 따라 평생 동안 살아온 사람
이지만 미륵을 신식 학교에 보내 변화한 세상의 흐름을 알
게 하고자 했고, 어머니는 아버지가 돌아가신 후에 미륵이
3·1 운동 가담으로 인해 잡혀갈 위기에 처하자 그토록 아끼
던 아들을 그림으로도 본 적 없는 머나먼 유럽 땅으로 탈출
시킨다. 그들은 망국의 위기 속에서도 예전과 똑같이 생업
에 헌신했고, 아이들을 정성 들여 키웠으며, 마을 공동체의
평화를 도모했다.

　그 시절 사람들은 우리보다 훨씬 가진 것이 적었지만 우
리보다 훨씬 더 많은 것들을 서로 나누며 살았다. 우리는 흔
히 많은 지식이 더욱 현명한 선택을 가져올 거라 믿는다. 하
지만 더 많은 정보와 지식, 더 많은 도구와 발명이 가져온 세
계에는 그 번영을 뛰어넘는 고통과 참사가 기다리고 있었
다. 성수대교 붕괴와 삼풍백화점 붕괴 이후 한국 사회에 일
어난 수많은 대형 참사들은 '더 빨리, 더 많이, 더 효율적으
로' 만들어온 세상이 얼마나 위험천만한 비밀을 품고 있었
는지를 만천하에 참혹하게 드러냈다.

낡음과 새로움의
공존 속에서

다시 읽은 『압록강은 흐른다』가 내게 던져준 희망은 '우리에게 무엇이 중요한지 본능적으로 알았던 그 시절'에 대한 간절한 그리움에서 비롯되었다. 그리하여 그때 그 시절 사람들은 우리보다 훨씬 열악한 상황에서 살았지만 우리보다 훨씬 현명하게 대처했던 것이 아닐까. 소설 속의 '나'는 아버지를 훈장 삼아 천자문부터 공부를 시작했던 옛 시대의 아이였다. 아버지가 습자용으로 준 종이로 연을 만들었다고 회초리를 맞고, 어머니가 몰래 숨겨놓은 꿀단지를 사촌인 수암과 함께 탐냈다가 혼찌검이 나고, 동네 아이들과 탈춤과 타령을 구경하며 우리 가락의 신명에 빠져들고, 기도를 통해 자신을 잉태하도록 도와준 '제석 어머니'와 따스한 가족애를 나누는 장면은 우리가 '도시적 라이프 스타일'을 고수하느라 잃어버린 농촌 공동체를 향한 아련한 노스탤지어를 자극한다.

어린 미륵은 급변하는 세상 속에서 놀라운 균형 감각으로 자신의 갈 길을 모색해냈다. 그 균형 감각은 세속의 이익에 발 빠르게 대응하는 처세술이 아니라 '무엇이 나에게 진정으로 필요한지', '무엇이 내가 사랑하는 사람들에게 바람직한 행동인지', 나아가 '내가 어떤 사람이 되어야 내가 속한 공동체에 도움이 될 수 있는지'를 성찰하는 순수한 지사志士의 정신에서 우러나오는 것이었다. 그것은 다정하면서도 엄격한 부모님의 사려 깊은 교육에서 우러나오는 것이기도 했고, 미륵 자신의 천진하면서도 이타적인 성품 때문이기도 했다. 미륵의 온화하고도 지혜로운 성품은 신학문의 세례 때문이 아니라 가정과 마을 공동체 안에서의 일상적인 교육이 빚어낸 아름다운 작품이었다. 그는 조선의 민담과 탈춤과 타령의 따스한 정감 속에서 자라났으며, 한시와 시조와 경전을 외우며 말의 리듬과 소중함을 익혀갔으며, 수학과 영어와 과학을 배우고 의학 공부를 하면서도 최고의 스승이었던 아버지의 가르침을 잊지 않았다. 그는 가장 낡은 것과 가장 새로운 것 사이에서 고뇌했지만 낡은 것의 아름다움을 버리지 않고 새로운 것의 낯섦을 거부하지 않으며 끈기 있게 모든 것에서 지혜로운 삶의 길을 배워나갔다.

단순하고 간결하게
자기 원칙을 따르는 힘

　　　　　　　　나 또한 그 시절로 한 번쯤 돌아가
서 처음부터 다시 '나라는 존재는 어떻게 구성되었는가'를
성찰해보고 싶었다. 이것저것 머리 아프게 저울질해보지 않
고 그저 마음의 발길이 가는 대로 행동하는 데 아무런 문제
가 없었던 그 시절로. 나이가 들수록 다음 행동의 결정이 더
쉬워질 줄 알았는데 오히려 정반대다. 자꾸만 결정이 어려
워지는 것은 내가 더 많은 변수를 고려하느라 머리가 복잡
해지고 있다는 증거다. 그리고 우리가 나이가 들수록 더 많
은 시험에 들고 있다는 증거이기도 할 것이다. 너무 많은 사
람, 너무 많은 상황, 너무 많은 경우의 수를 생각하느라 정작
내가 가장 원하는 것을 잊어버릴까 봐 두렵다. 내가 가장 옳
다고 믿었던 나를 잊어버릴까 봐 두렵다.

　아주 잠깐만이라도 좋다. 더욱 단순하게, 더욱 투명하게
매스미디어와 인터넷이 우리의 두뇌를 끊임없이 자극하지
않는 시절의 무구한 마음으로 돌아가서 생각해보자. 프랭클
린 플래너의 복잡한 스케줄이 아니라 계절의 절기에 따라

삶의 시계를 맞추었던 시절. 수많은 선택지들이 우리의 뒷머리를 쪼아대지 않았던 시절. 공동체의 구성원 한 사람 한 사람이 각자 자신이 소중하다고 생각하는 원칙을 지켜나가던 시절. 우리는 더 간결하고 더 단순한 상황 속에서 우리의 미래를 결정할 권리가 있다. 서로 자기의 이익을 계산하며 주판알을 굴리는 수많은 주변의 시선을 피해. 오직 나 스스로 어떤 타인의 시선에도 연연하지 않고 내 인생의 중요한 결정을 내릴 수 있는 힘을 길러야 한다. 그러기 위해서 우리는 고독의 깊이를 확장해야 한다. 그리고 깨달아야 한다. 아무도 나를 보고 있지 않을 때, 나는 과연 누구인가를.

구어체의
아름다움이
빛나는
시간

　　평생 아름다운 말들의 빛을 찾아 헤맸다. 훌륭한 시나 소
설, 위대한 영화의 명대사, 일상 속에서 나누는 말들의 아름
다움을 찾아 헤맨 것이 내 인생의 밑그림이었다. 그런데 아
름다운 말들이 지닌 뜻밖의 아킬레스건이 하나 있다. 문어
체에서는 사용하기 좋지만 구어체에서는 영 어색해진다는
것이다. 글로 읽을 때는 더없이 반짝반짝 빛나던 표현이 말
로 하려면 무척 쑥스럽고 겸연쩍어질 때가 많다. "가시는 걸
음걸음 / 놓인 그 꽃을 / 사뿐히 즈려 밟고 가시옵소서"(김소
월,「진달래꽃」)라는 아름다운 시구를 실제로 대화하면서 쓴다
면 얼마나 어색하겠는가. 완전한 언문일치가 불가능한 우리
말의 특성상, '구어체의 아름다움'은 시나 소설과는 달리 좀
더 즉흥적이고 소박하다. 글을 잘 쓰는 사람이 꼭 말을 잘하
는 것은 아니듯이 글쓰기의 아름다움과 말하기의 아름다움

도 사뭇 다르다. 글쓰기의 아름다움이 차분히 절제된 언어
나 정성스레 세공된 언어에서 온다면, 말하기의 아름다움은
유창함과 재치, 그때그때의 변화무쌍한 상황에 딱 들어맞는
돌발성과 우연성에서 올 때가 많다.

　그리하여 구어체의 언어는 꼭 아름답거나 화려할 필요
가 없다. 때로는 "얇은 사紗 하이얀 고깔은 / 고이 접어서 나
빌레라"(조지훈, 「승무」) 같은 현란한 시어보다도 오히려 평범
한 대사가 '꼭 필요한 순간'에 쓰였을 때 어떤 명시나 명대사
보다 아름답게 다가온다. 꼭 눈부신 수사학이 아니어도 좋
다. 당신의 진실한 마음이 느껴진다면, 그 어떤 평범한 대사
도 소통의 맥락 속에서 찬란하게 빛날 수 있다. 예컨대 '안녕
하세요'라는 인사 한마디, '고맙습니다'라는 마음의 표현, '미
안합니다'라는 진심 어린 사과, 이 세 가지만 제대로 해내면
인생에서 큰 실수는 막을 수 있다. 첫째, '안녕하세요'의 힘은
무한하다. 어떤 사람과 반갑게 인사를 나누기만 해도 그 공
간 전체가 환해지는 느낌이 든다. 인사성이 밝다는 것은 일
단 사람의 첫인상을 좋게 만든다. 인사하면서 자신도 모르
게 환하게 웃는 것은 엄청난 재능이기도 하다. 그 사람이 뭘
해준 것도 아닌데, 아무 일도 안 일어났는데, 마냥 기분이 좋

다. 그저 만났다는 이유만으로, 단지 지금 우리가 함께하고 있다는 이유만으로 반갑고 좋은 일이라는 의미로 받아들여진다. 둘째, '고맙습니다'라는 감사의 표현은 아무리 많이 들어도 질리지 않는다. 감사 인사를 몸에 달고 다니는 사람은 인생의 작은 기쁨에도 행복감을 느낄 줄 아는 예민한 감수성을 지닌 사람이다. 셋째, '미안합니다'의 힘은 더욱 강력하다. 아무리 큰 잘못을 저질러도 진심 어린 사과를 하는 사람에게 우리 사회는 관대하다. 만남의 인사, 감사의 인사, 사과의 인사 중에 아무래도 가장 어려운 것은 사과의 인사가 아닐까. 자존심을 내려놓고, 변명이나 체면조차 내려놓고, 무조건 미안하다고 고백하는 것이야말로 잘못을 바로잡을 기회를 얻어내는 진짜 용기다.

언어의 '있음'이야말로 우리의 소통을 빛나게 하지만, 때로는 언어의 '없음'이 소통의 중요성을 역설적으로 환기시킨다. 어떤 언어가 꼭 있어야 할 자리에 없을 때 그 언어의 빈자리를 통렬히 느끼게 된다. 만남의 인사가 있어야 할 곳에 인사는커녕 인기척도 없거나, 감사의 표현이 필요한 자리에 감사는커녕 '당연히 받을 것 받았다'는 표정만이 있을 때 우리는 당황하게 된다. 꼭 있어야 할 자리에 결코 나타나

지 않는 언어, 그것은 주로 '사죄'의 언어일 때가 많다. '미안
합니다', '정말 죄송합니다' 이 말 한마디와 진심 어린 표정만
으로도 화해의 가능성을 꽃피울 수 있는데, 수많은 사람들
은 '미안'은커녕 '미동'도 하지 않는다. '고객님, 사랑합니다'
와 같은 뜬금없고 영혼도 없는 애정 표현은 포화 상태인데,
정작 미안함의 표현이 필요한 곳에는 황량한 침묵만이 감돈
다. 가장 마음 아픈 언어의 빈자리는 '안녕'이란 말조차 할 기
회가 없을 때다. '안녕, 다음에 만나'라고 말할 수 없을 때. 우
리에게 다시는 '다음'이 없음을 알 때. 언제 다시 만날지 도저
히 기약할 수 없을 때. '안녕'이라는 그 흔한 단어는 세상 무
엇과도 바꿀 수 없는 희귀한 마음의 보석이 되고 만다. 지금
부터 우리 서로에게 반가움과 살가움과 애틋함의 메시지를
더 자주, 더 많이 보내주면 어떨까. '안녕, 또 만나'라고 인사
할 수 있는 가능성만으로도 충분히 빛나는 바로 이 시간, 이
인연의 고마움을 잊지 말기를.

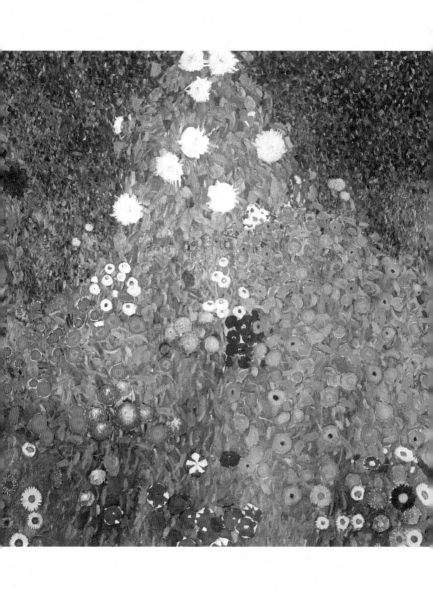

가장
친밀한
관계의 함정,
위험,
그리고
구원

사랑은 사람들로 하여금 구원을 꿈꾸게 한다. 너만 있으면 돼, 세상 끝까지 함께하자, 내가 널 언제까지나 지켜줄게. 이런 달콤한 문장들은 상대를 향한 열정이 최고조로 달한 순간의 행복을 그대로 박제하고 싶은 인간의 열망을 담아낸다. 하지만 인간은 이 행복한 시간의 마법에서 너무 빨리 깨어나 버린다. 사람들은 가장 오랫동안 가장 깊은 관계를 맺은 사람들과 가장 치명적인 상처를 주고받는다. 많은 것을 걸었던 관계일수록 절망도 깊다. 상처 입은 사람들은 다짐하고 또 다짐한다. 다시는 사람을 믿지 않겠다고. 그러나 우리는 또다시 사람을 사랑하고, 믿고, 어느새 기대해버리고, 이전처럼 상처를 주고받는다. 마치 절대로 과거로부터 아무런 깨달음을 얻지 않기로 결심한 사람들처럼. 우리 자신도 모르게 사랑=믿음=기대=지속이라는 등식에 갇혀버리고 만

다. 작가 줌파 라히리는 우리가 '친밀한 관계'를 향해 거는 기
대가 얼마나 처참하게 부서지기 쉬운 것인지를, 수많은 가
족과 연인의 이야기를 통해 보여준다.

　가족이라는 이유로 모든 상처를 다 보듬어줄 수 있을까.
가족이라고 해서 어떤 요구도 정당화되는 것일까. 가족은
과연 나를 가장 잘 이해해주는 존재일까. 줌파 라히리의 작
품은 이런 불편한 질문들을 정공법으로 풀어낸다. 특히 『그
저 좋은 사람』에 실린 단편들은 인도의 전통을 지키려는 이
민자 1세대 부모와 미국 땅에서 새로운 삶을 살아야 하는 2
세대 사이의 갈등이 잘 그려져 있다. 부모는 아이가 벵골어
를 쓰고 인도식 의상을 입기를 원하며 미국식 파티에 가지
않기를 바라지만, 아이들은 그런 부모를 이해할 수 없다. 부
모에게 미국 사회에 동화된다는 것은 고향을 저버리는 것만
같은 고통으로 다가온다. 하지만 자식들에게는 인도의 풍습
을 유지한다는 것이 미국 사회에 대한 부적응이자 또래 집
단으로부터의 소외로 다가온다. 「그저 좋은 사람」에서 남동
생 라훌을 걱정하는 누나 수드하의 관심 또한 동생에게는
뜻하지 않은 폭력으로 다가온다. 알코올중독에 빠진 동생을
도저히 이해할 수 없는 수드하에게 라훌은 말한다. "이해하

지 않아도 돼, 누나. 언제나 모든 걸 이해할 수 있다고 생각
하지 마.” 가족이라고 해서 그 구성원의 인생행로를 바꿀 권
리가 있을까. 가족이라고 해서, 사랑하고 아낀다고 해서, 모
든 것을 이해할 수 있다는 환상으로부터 벗어나는 것. 거기
서부터 진정한 이해의 첫걸음은 시작되지 않을까.

　기쁠 때나 슬플 때나 아플 때나 가난할 때나 절망에 빠질
때나 언제나 함께할 것을 약속하는 일의 엄청난 의미를, 우
리는 약속할 당시에는 진정으로 알지 못한다. 줌파 라히리
의 주인공들은 점점 퇴색해가는 그 약속의 의미를 시시각각
깨달아간다. 그들은 결국 인정한다. 가장 서로를 위한다는
명목으로 행한 행동이 오히려 가장 큰 상처로 남을 수 있다
는 것. 서로에게 줄 수 있는 ‘행복의 가능성’만 상상할 것이
아니라 서로에게 줄 수 있는 ‘불행의 가능성’까지 온전히 받
아들일 수 있다면, 우리는 앞으로 닥쳐올 일에 대하여 조금
이라도 더 담담할 수 있지 않을까. 사랑의 이름으로 행한 행
동이 상대방에게는 폭력일 수 있다는 것, 상대를 바꾸고자
하는 구원의 시도들이 때로는 상대방의 주체성을 파괴하는
행동일 수 있다는 것을 깨달을 때 우리의 인간관계는 훨씬
성숙할 수 있지 않을까.

'행복이 가득한 우리 집'이라는 이상은 오히려 불행과 재
난으로 가득한 이 세상에서 '내 안의 결핍'을 상기시키는 치
명적인 무기가 될 수도 있다. 가족은 행복해야 한다는 강박
때문에, 적어도 남들 눈에는 '행복해 보여야 한다'는 강박 때
문에, 사람들은 아무리 힘들어도 마치 능숙한 배우처럼 행
복을 연기하고, 불행을 은폐한다. 현대인은 '불행을 숨기는
기술'에 통달했지만, 작은 행복을 소중히 여기고 당신과 함
께할 바로 이 순간을 사랑하는 지극히 평범한 '행복의 기술'
에는 소홀해지고 있는 것이 아닐까.

생각하면 정말 끔찍하지 않은가. 혼자 있는 그 순간을 그가
얼마나 기다렸는지, 오죽하면 혼자 지하철을 타고 있을 때가
하루 중 최고의 시간이라 생각했었는지 말이다. 인생의 짝을
찾는다고 그렇게 헤매고서, 그 사람과 아이까지 낳고서, 아밋이
메건을 그리워한 것처럼 매일 밤 그 사람을 그리워하면서도,
그렇게 절실하게 혼자 있길 원한다는 건 끔찍하지 않은가. 아
무리 짧은 시간이고, 그조차 점점 줄어든다 해도 사람을 제정
신으로 지켜주는 건 결국 혼자 있는 시간이라는 사실이.

— 줌파 라히리, 박상미 옮김, 「머물지 않은 방」,

『그저 좋은 사람』, 마음산책, 2009, 140~141쪽.

    줌파 라히리의 소설을 읽으면, 혼자인 순간이 가장 '나다
운 순간'이라는 것을 고통스럽게 인정하는 순간이 있다. 이
깨달음은 당장에는 끔찍한 고통으로 다가오지만, 그 깨달음
을 묵묵히 실천하는 것은 우리 삶을 바꾸는 소중한 모험이
될 수 있다. 우리가 서로를 이해할 가장 빠른 지름길은 우선
'혼자 있음'을 견딜 줄 아는 것이다. 혼자의 시간 속에서 단지
'외로움을 견디는 행위'뿐 아니라 '혼자 있음의 아름다움'을
즐길 줄 알게 될 때, 우리는 내 고독의 거울에 비친 타인의
고독을 이해할 수 있지 않을까. 그리하여 마침내 '곁에 있는
당신'이 아니라 '곁에 없어도 여전히 내 안에 깃든 당신'의 그
림자를 발견할 수 있지 않을까. 그리고 서로의 '혼자 있음'을
존중하는 관계야말로 사랑의 또 다른 시작임을 느낄 수 있
지 않을까. 아름다운 혼자가 될 수 있는 사람이 아름다운 함
께도 될 수 있으니.

아름다운
수동태,
사랑받는다는
것

내가 사랑받는 것보다 내가 사랑하는 마음이 더 크다는 것을 알게 될 때, 우리는 깊이 상처받는다. '사랑은 받는 것이 아니라 주는 것'이라는 익숙한 통념을 가슴 깊이 새긴 상태에서도, 사랑받는 일은 사랑하는 일보다 여전히 매혹적이다. 우리는 본능적으로 알고 있다. 사랑받는 이의 눈빛이 얼마나 잔인한 기쁨으로 달아오르는지. 그것은 김소월의 '사뿐히 즈려 밟음'의 잔혹한 쾌감이다. 나를 사랑해서 가슴이 타들어 가는 저 사람의 가슴을 아무렇지도 않게 짓밟고 떠나는 자의 쾌감. 그것은 그럼에도 불구하고 나는 언제나 사랑받을 수 있다는 불패의 자신감에서 나온다.

그 눈부신 자신감은 달콤하긴 하지만 오래가지 못한다. 결국 사랑에서 승리하는 사람은 '사랑받는 자'가 아닌 '더 오래 사랑하는 사람'이기 때문이다. 자신을 사랑하는 이를 가볍게 짓밟고 떠난 사람은 오랜 시간이 지나서야 깨닫는다. 이 세상 살아가는 동안 다시는 그토록 깊은 사랑을 받을 수 없다는 것을. 이것은 사랑받는 자가 결국 이기는 단순한 산술 게임이 아니다. 궁극적 승리는 사랑이 끝난 후의 폐허조차 오랫동안 쓸고 닦는 사람, 사랑이라는 감정 자체를 소중히 다루는 사람에게 있다. 그가 나를 사랑하는 것보다 내가 그를 더 사랑한다는 사실은 불가피하게 상실감을 안겨준다.

하지만 더 오래 사랑해보면, 그것은 실패가 아님을 알게 된다. 오래가는 사랑은, 깊이 간직되는 사랑은, 어느 순간 주는 것과 받는 것의 경계가 흐려진다. '내가 그에게 주는 사랑'과 '그가 나에게 주는 사랑'의 질량을 계산해보는 어리석음을 벗어던지고, 그와 내가 함께 만들어가는 '사랑' 그 자체에 집중할 수 있게 된다. 그런 순간이 오기까지 가장 필요한 것은 기다림이다. 사랑의 의미가 너와 나, 우리 안에서 차오를 때까지 기다리는 것. 너를 내가 더 많이 사랑하는 일이 결코 패배가 아님을 깨달을 때까지 기다리는 것. 그의 삶이 내 삶을 그리는 보이지 않는 붓임을 깨닫는 순간. 내 삶 또한 그의 삶을 색칠하는 보이지 않는 물감임을 깨닫는 순간까지 기다리는 것이다. 나희덕의 「오래된 수틀」은 당신이 떠나고 나서야 그 사랑이 얼마나 소중한 것인지를 깨달은 자의 뒤늦은 탄식으로 다가온다.

누군가 나를 수놓다가 사라져버렸다

씨앗들은 싹을 틔우지 않았고
꽃들은 오랜 목마름에도 시들지 않았다
파도는 일렁이나 넘쳐흐르지 않았고
구름은 더 가벼워지지도 무거워지지도 않았다

오래된 수틀 속에서
비단의 둘레를 댄 무명천이 압정에 박혀
팽팽한 그 시간 속에서

녹슨 바늘을 집어라 실을 꿰어라
서른세 개의 압정에 박혀 나는 아직 팽팽하다

나를 처음으로 뚫고 지나갔던 바늘 끝,

이 씨앗과 꽃잎과 물결과 구름은
그 통증을 지금도 기억하고 있다 기다리고 있다

헝겊의 이편과 저편, 건너가면
다시 돌아올 수 없는 언어들로 나를 완성해다오
오래 전 나를 수놓다가 사라진 이여

— 나희덕, 「오래된 수틀」, 『어두워진다는 것』, 창비,
  2001, 42~43쪽.

　시 속의 화자는 그의 사랑이 최고의 바느질이 되어 자신
이라는 오래된 수틀 위에 아름다운 수를 놓아줄 수 있다는
것을, 사랑이 끝난 후에야 깨닫고 있다. '나'가 "오래 전 나를
수놓다가 사라진 이여" 하고 떠나간 그를 부를 때, 떠나가
버린 사랑의 의미는 비로소 완성된다. 두 사람이 함께했을
때 그가 '마음의 수틀' 위에 '사랑'이라는 이름의 아름다운 수
를 놓고 있었음을 알았다면, 그들은 좀 더 오래, 좀 더 깊이
사랑을 나눌 수 있지 않았을까. "누군가 나를 수놓다가 사라
져버렸다"라는 자각은 사랑이 떠난 뒤 텅 비어버린 마음의

폐허를 간결하게 드러낸다. 나는 아직도 "서른세 개의 압정
에 박혀" "팽팽하다"고 느끼지만, 정작 수를 놓아줄 바로 그
사람이 나타나지 않는다면, 나는 영원히 텅 빈 수틀, 어떤 그
림도 그려지지 않은 텅 빈 캔버스에 불과하다.

증기선
여행의
기억 창고

   원거리 여행의 최고 교통수단이 증기선이었던 시절이 있
었다. 해외여행 하면 제일 먼저 비행기가 떠오르는 현대인
들과 달리, 산업혁명 초기까지 사람들은 증기선을 최고의
교통수단으로 여겼다. 당시 사람들은 몇 주나 몇 달이 걸려
서 해외로 떠났고, 배 안에서 먹고 자고 배우고 연애하며 지
루한 시간을 견뎌냈다. 거대한 증기선 내부는 그저 잠시 스
쳐가는 간이 교통기관이 아니라, 또 하나의 새로운 세상이
었다. 가는 길의 여정 자체가 여행의 반 이상을 차지하는 여
행. 낯선 사람을 사귀어 최고의 친구를 만들기에도 전혀 부
족하지 않은, 시간이 펑펑 남아도는 여행. 배를 타는 동안 외
국어 하나쯤은 너끈히 배울 수도 있는 시간. 그 속에서 사람
들은 인터넷도 텔레비전도 없었던 시절, 그리하여 더욱 자
유로운 상상이 가능했던 여행의 단꿈을 꾸었다. 그들은 블

로그나 사진을 통해 '미리 본 세상'을 재확인하는 여행이 아 니라, 말 그대로 일면식도 없는 미지의 세상을 향해 힘차게 닻을 올렸다.

크리스토퍼 디크스Christopher Deakes와 톰 스탠리Tom Stanley 의 *A Century of Sea Travel*은 증기선을 타고 때로는 이민을, 때로는 여행을, 때로는 정처 없는 유랑을 떠났던 사람들의 체험담으로 가득하다. 배 안에서 무도회를 열기도 하고, 갑 판 위에서 비키니를 입고 시원하게 일광욕을 하기도 하고, 폭풍우와 싸우며 무사 항해를 기도하기도 했던 사람들의 생 생한 이야기가 고풍스러운 사진과 그림과 함께 실려 있다. 배에 탄 사람들이 그리운 집으로 보낸 편지, 일기와 메모, 항 해사의 일지 등이 다각도에서 수집되어 방대한 '증기선 여 행의 기억 창고'를 완성해냈다. 사람들은 거대한 증기선의 위용을 자세히 묘사하기도 했고, 다채로운 이력과 캐릭터를 지닌 승무원들의 이야기를 기록하기도 했으며, 함께 탄 다 른 승객들의 흥미로운 일상을 적어두기도 했다. 배 위에서 는 온갖 산해진미가 제공되기도 했고, 콘서트나 무도회를 비롯한 각종 오락거리가 선박 여행의 지루함을 달래주기도 했으며, 잊을 수 없는 로맨스가 시작되기도 했고, 타이태닉

호의 참사 같은 대재난이 일어나기도 했다.

　증기선의 생생한 체험을 다룬 다채로운 기록을 남긴 사람
들. 그중에는 새로운 삶을 찾아 떠나는 이민자도 있었고, 작
가도 있었으며, 식민지를 통치하는 관리와 모험을 찾아 떠
나는 젊은이, 신혼여행을 떠나는 부부도 있었다. 몇몇 사람
들은 큰 부자였으며 대부분의 사람들은 가난했다. 수많은
사람들은 새로운 기회의 땅을 찾아 부푼 가슴을 안고 거대
한 증기선 위에 올랐다. 그들은 바다 위의 또 다른 세상인 증
기선의 기나긴 여정 속에서 성장하기도 했고, 좌절하기도
했다. 증기선의 황금시대였던 19세기에서 20세기 초, 배 위
의 사람들이 느꼈던 격정과 환희, 고난과 좌절, 희망과 열정
의 연대기들이 그득하다. 여행을 통한 짜릿한 로맨스와 모
험을 꿈꾸는 사람들, 낭만적인 크루즈 여행을 꿈꾸는 사람
들에게 이 책은 매력적으로 다가갈 것 같다.

　오랜 항해 끝에 선원이나 낯선 여행자들과 친해져 버려,
막상 목적지에서 내릴 때는 작별의 아쉬움에 눈물짓는 사람
들도 있었다. 당시 전 세계를 주름잡던 대표적인 선박 회사
들은 피앤오P&O, 브리티시 인디아British India, 앨런 라인Allan

Line, 발틱 아메리카 라인Baltic America Line, 레드 스타 라인Red Star Line 등이 있었다고 한다. 이 거대한 선박들의 웅장한 모습이 일러스트나 사진으로 곁들여져 있어 선박의 역사에 관심 있는 사람들에게도 흥미로운 볼거리를 제공한다. 고객을 유치하기 위한 해운 산업 내부의 경쟁도 심해 다채로운 크루즈 여행 광고의 퍼레이드가 펼쳐지기도 했다.

배 안에서 살아가는 것이 그리 어려운 일만은 아니라는 것을 잘 알 수 있는 영화가 있다. 영화 「피아니스트의 전설」에는 배 안에서 태어나 배 위에서 평생을 살아간 천재적 피아니스트의 일대기가 그려진다. 이런 이야기가 가능한 이유 중 하나는 '배 안이 완벽해서'가 아니라 어떠한 상황에서도 끝내는 적응할 수 있는 인간의 본성이 강하게 작용하는 것 같다. 배 안의 시설이 아무리 호화롭다 한들 육지에서 누릴 수 있는 다채로운 삶의 즐거움을 따라갈 수 있겠는가. 하지만 오직 피아노를 연주하는 기쁨 하나만으로도 다른 모든 아쉬움을 접어버릴 수 있었던 주인공 '나인틴헌드레드(그는 1900년에 배 안에서 태어난 사생아였기에 나인틴헌드레드라는 별명이 그대로 이름이 되었다)'였기에, 육지에서 향유할 수 있는 삶의 알록달록한 희로애락 자체를 몰랐다.

그에게는 배 밖으로 나갈 수 있는 기회가 있었지만, 그는
자발적으로 바깥세상으로 나가지 않았다. 레코드를 취입해
달라는 음반 회사의 강력한 권유로 바깥세상에 발 디딜 기
회가 생겼지만, 그는 차마 배 밖으로 나가지 못한다. 그에게
거대한 선박은 어머니의 자궁이기도 했고, 단 하나의 세상
이기도 했던 것이다. 영화의 명장면 중 하나는 거친 풍랑에
휩쓸려갈 듯한 배 안에서 이리저리 표류하며 여기저기로 미
끄러지고 부딪히는 피아노를 능수능란하게 연주하는 주인
공의 신기 명기였다. 그는 배가 흔들려서 '위험하다'고 생각
하지 않고, 파도의 오르내림을 음악의 리듬처럼 자연스럽게
타면서 흔들리면 흔들리는 대로 벽에 부딪치면 부딪치는 대
로, 오직 피아노의 아름다운 선율에 귀를 기울였던 것이다.

　하지만 나인틴헌드레드처럼 배 안에서 사는 삶에 만족하
는 사람은 극히 드물었다. 사람들은 배 위에서의 다채로운
모험도 사랑했지만, 배가 드디어 항구에 도착할 때의 환희
를 가장 사랑했다. 그때 그 시절 사람들은 현대인들처럼 5개
국을 열흘 만에 주파하는 식의 초스피드 패키지여행은 할
수 없었다. 한 달에서 두 달 이상 걸리는 기나긴 항해 속에서
사람들은 지치기도 했지만, 서로를 다독이고 격려하며 우정

을 다졌다. 그들은 우리 시대의 사람들보다 훨씬 여유롭게 여정을 즐길 줄 알았다. 배 안에서 골프나 수영과 농구를 비롯한 각종 스포츠를 부담 없이 즐겼으며, 무도회나 파티를 열기도 했고, 승무원과 승객이 하나 되어 폭풍우와 싸우기도 했다. 지금은 크루즈 여행이 호화판 사치 여행의 대명사가 되었지만, 당시에는 기차와 증기선 외에는 장거리 여행을 할 수 있는 방법이 많지 않았으므로 배에 타는 것 자체가 사치스러운 여행은 아니었다. 다만 영화 「타이타닉」에서처럼 배 안에 존재하는 또 다른 세상 속에서도 계급이 존재하기는 했다. 어린이들만을 위해 제공되는 메뉴나 배 안에서 진행되는 특별 콘서트 등의 가격은 꽤 비쌌다. 사람들은 선상에서도 땅 위에서 할 수 있는 거의 모든 것을 해냈다. 각종 스포츠와 레저 활동은 물론 갑판 위에서 선탠을 하기도 했으며, 그리운 이들에게 편지와 엽서를 쓰기도 하고, 춤과 음악을 즐기고, 요리와 세탁을 하기도 했다. 목적지만이 여행의 장소가 아니라 변화무쌍한 바다 자체가 또 다른 여행지였던 것이다. 다만 아쉬운 것은 육지가 주는 안정감, 가족과 친지들과 함께할 수 있는 일상의 평화였다. 배 안은 또 하나의 세상이긴 했지만 바깥세상 그 자체는 될 수 없었던 것이다.

책,
당신 안에
달빛을
담는
법

　읽고 싶은 책은 점점 많아지는데 책을 둘 공간이 턱없이 부족해지면서 전자책을 사기 시작했다. 전자책이 여러모로 편리하긴 하지만, 예전에는 없었던 심각한 건망증이 시작되었다. 전자책으로 이 책 저 책 바꿔 읽다가, 갑자기 '이 책 제목이 뭐였더라?' 자문하는 순간 머릿속이 하얘진다. 종이 책은 마치 사람의 얼굴 같아서 한 번에 한 권밖에 대면할 수 없지만, 전자책은 기계 하나로 여러 책을 '멀티태스킹'하다 보니 열심히 읽다가도 '이 책 저자는 누구였지?' 하고 헷갈리곤 한다. 휴대폰이나 태블릿PC 하나에 수백 권의 전자책을 저장할 수는 있지만, 전자책은 '종이 책이라는 사물'의 따스한 온도와 질감을 결코 따라갈 수 없다. 강명관의 『조선시대 책과 지식의 역사』는 바로 이 종이 책의 역사가 시작된 시점으로 거슬러 올라가 조선시대 전체를 관통하는 방대한 책의 역사를 호쾌하게 재구성한다.

　'책이라는 사물의 역사'를 끊임없이 탐구하는 저자의 시선은 열정적이면서도 냉철하다. 그는 지식의 내용을 넘어 지식이 유통되는 형식에 주목한다. 지식인이 국가와 사회의 지배층이 된 조선시대는 어떤 방식으로 책이 유통되었는가? 인쇄하는 책은 어떻게 선별되었는가? 그것을 결정한 사람은 누구인가? 누구도 속 시원하게 대답할 수 없었던 이 근원적인 질문에 답하기 위해 저자는 『실록』이나 『승정원일기』뿐 아니라 조선시대의 방대한 문집을 샅샅이 섭렵했다. 이 질문들의 밑바닥에는 '구텐베르크보다 훨씬 빨리 금속활자를 발명했음에도 불구하고 왜 우리의 인쇄 문화는 서양만큼 발전할 수 없었을까'라는 결정적인 질문이 자리하고 있다. 그것은 바로 출판의 주도권을 국가가 쥐고 있었기 때문이다. 주자소와 교서관을 중심으로 강력하게 중앙 집권화되어 있던 출판 시스템이 '지식의 대중화'를 가로막았던 것이다. 민중에게 지식을 직접 전파할 수 있는 한글이 있었음에도 불구하고 출판이 대중화되지 못했던 것은 한글을 천시하는 문화와 함께 엄청난 책값도 한몫했다. 궁핍한 사람은 책값이 없어 책을 구하지 못하고, 혹 값을 마련할 수 있다 해도

『대학』이나 『중용』을 사려면 면포 3~4필, 그러니까 논 2~
3마지기에서의 소출에 해당하는 거액을 지불해야 했다고
한다.

　이 책의 압권은 대장경을 둘러싼 한일 외교전의 스펙터
클이다. 조선 초기 일본 사신들이 한국에 오는 목적은 거의
『대장경』을 얻기 위함이었다. 해인사 『팔만대장경』이 지금
은 세계적으로 주목받는 문화유산이지만, 당시에는 세종조
차 "대장경판은 무용지물"이라며 일본에 줘버리라고 했다
고 한다. 일본은 '대장경판을 내주지 않으면 조선을 침략할
것이다'라고 강짜를 부렸다고 한다. 신하들의 반대로 간신
히 『대장경』은 지켜냈지만 임진왜란이 일어났을 때 『실록』
은 물론 대부분의 중요 문서가 불타버려 고려시대와 조선
초기의 소중한 문헌이 소실된 것은 뼈아픈 손실이 아닐 수
없었다. 경서들이 다 타버려 과거 시험조차 치를 수 없다는
대목에 가서는 탄식이 절로 나온다. 분서焚書, 책을 태우는
것만큼 학문과 예술을 향한 가혹한 형벌이 있을까.

　이 책을 읽는 동안 내 마음속에서는 이규보의 한시 「영정
중월詠井中月」이 마치 은은한 배경음악처럼 흘러갔다. "산에

사는 스님이 달빛을 탐내어 / 병 속에 물 길으며 달도 함께 담았네 / 절에 돌아와서야 비로소 깨달으리 / 병을 기울이면 달도 따라 사라진다는 것을." 어떤 아름다운 그릇으로도 달빛을 담을 수 없듯이, 책을 쓰는 이의 마음도 그렇게 아스라이 사라지기 쉬운 달빛이 아닐까. 달빛을 고스란히 담아낼 정도로 해맑은 마음이 있어야만 우리는 책의 달빛, 지은이의 마음을 온전히 받아들일 수 있지 않을까.

사막이
있는
풍경,
텅 비어
더욱
매혹적이어라

    사막이 과연 치유적 공간이 될 수 있을까. 아무것도 없어 보이는데, 그 어떤 따스함도 아늑함도 포근함도 존재하지 않는 것만 같은데. 사막은 우리에게 뭔가 따스하고 영롱한 메시지를 전해줄 수 있을까. 그런데 놀랍게도 사막을 생각하는 것만으로도 내 마음은 한없이 넓어지고 깊어지고 촉촉해진다. 사막을 떠올리면 수많은 체크리스트로 가득했던 복잡한 마음이 한없이 단순해지고 차분해진다. 사막처럼 텅 빈 공간, 무엇이 있어서가 아니라 무엇이 없어서 아름다운 공간. 내 마음을 그런 사막 같은 여백이 가득한 공간으로 만들고 싶어진다. 따스한 모래언덕은 천연의 매트리스가 되어 아픈 허리를 받쳐줄 것 같고, 한밤중에 그 어떤 건물도 없는 사막 위에서 초롱초롱하게 빛나는 별빛은 마치 빛으로 만든 폭포처럼 내 머리 위로 쏟아질 것 같다. 물론 이 모든 것

9월   와락   148

은 환상 속에서 가능하다. 사막이 얼마나 혹독한 생존의 공
간인지 적어도 머릿속으로는 안다. 하지만 그 물기 없는 사
막의 고통마저도 상상력의 재료가 된다. 나는 사막의 오아
시스처럼 '다 포기했다 싶을 때 그제야 나타나는 희망'을 닮
은 글을 쓰고 싶고, 사막을 건너가는 낙타처럼 느리지만 강
인한 존재가 되고 싶고, 사막에서 죽어가던 생텍쥐페리를
마침내 구한 베두인 상인처럼 누구든 상관없이 곤경에 빠진
사람을 구할 수 있는 존재가 되고 싶다. 사막은 그 자체로는
메말랐지만 예술을 꿈꾸는 사람들에게 끊임없이 상상력의
오아시스가 되어주는 공간이다.

무로부터 발견하는
거대한 희망

          나에게 이렇게 어처구니없는 '사
막 앓이'를 하게 만든 작가는 바로 생텍쥐페리였다. 나는
『인간의 대지』의 다음 문장을 읽는 순간, 가보지도 못한 사
하라 사막과 불같은 사랑에 빠졌다. "여기서 내가 가진 것이
라고는 아무것도 없다. 나는 단지 모래와 별 사이에서 길을

잃은 채 숨을 쉰다는 아늑함만을 의식하고 있는 덧없는 존
재에 불과하다……. 그런데도 나는 나 자신이 꿈으로 가득 차
있음을 알았다." 내가 가진 것은 아무것도 없는데, 그저 모래
와 별 사이에서 길을 잃은 채 그 어떤 희망도 붙들 수 없는
데, 그럼에도 불구하고 내가 꿈으로 가득한 존재라는 것을
깨닫는 순간의 눈부신 희열. 사막은 바로 '무無로부터 발견
하는 거대한 희망'의 불빛을 가르쳐준 것이다. 생명의 가능
성을 보여주는 흔적이 아무것도 없을지라도, 바로 그 생명
의 제로 상태에서도 환각처럼 아름다운 상상의 존재를 그려
낼 수 있는 힘.

　생텍쥐페리는 사하라 사막에서 조난당한 채 구조를 기다
리며 극한의 고통을 맛보았고, 그 문학적 결과물이 바로『인
간의 대지』와『어린 왕자』였다. 아마 사막에서 그토록 고통
받지 않았더라면, 전투나 비행 중에 몇 번이나 목숨을 잃을
뻔하고, 조난당한 채 누구도 자신을 발견하지 못하는 고통
속에 고립되지 않았더라면, 생텍쥐페리는『어린 왕자』라는
기적 같은 작품을 쓰지 못했을지도 모른다. 어린 왕자와 같
은 아름다운 존재를 상상해낼 수 있는 문학적 영감, 그것은
사막에서 목이 타들어 가고 생명을 위협당하던 상황에서 작

가가 창조해낸 자기 구원의 이미지가 아니었을까. 어떻게
든 고장 난 비행기를 고쳐 다시 문명의 세계로 돌아가고 싶
었던 비행기 조종사 앞에 나타나 "저기, 양 한 마리만 그려
줘"라는 황당무계한 부탁을 하며 우리 가슴속에 들어온 어
린 왕자. 그 소년은 바로 우리 가슴 깊숙한 곳에 숨겨져 있던
최초의 순수, 단 한 번도 타인에게 상처를 준 적 없는 투명한
영혼의 이미지를 선물해준다. 끝없이 펼쳐진 사막 위, 하나
의 모래언덕과 또 하나의 모래언덕이 만나는 곳, 그 위로 초
롱초롱한 별 하나가 떠 있던 사막에서, 생텍쥐페리는 끊임
없이 몰려드는 고독과 슬픔과 공포 속에서 어린 왕자라는
아름다운 신기루이자 자신의 내면 아이를 불러낸 것이 아닐
까. 우리는 생텍쥐페리가 탐험하고, 견뎌내고, 마침내 사랑
했던 사막 덕분에 『어린 왕자』와 『인간의 대지』 같은 아름
다운 작품을 만날 수 있는 축복을 얻었다. 사막은 무언가를
창조하려는 사람에게 끊임없이 영감을 주는 영혼의 오아시
스가 아닐까.

최초의 발자국을 내딛는

모래 위의 탐험가

생텍쥐페리가 비행을 하던 시절에는 하늘길이 지금처럼 최첨단 기술로 구획되어 있지 않았다. 조종사들이 실종되는 경우도 꽤 많았고, 비행기라는 기계 자체보다는 조종사 개개인의 능력과 직관에 따라 비행의 과정이 좌우되는 경우가 많았다. 항로는 끊임없이 개척되고 있었고, 조종사들은 마치 최초의 개척자처럼 하늘길을 하나하나 열어가고 있었다. 공군이 되어 제2차 세계대전에 참전하기 이전, 생텍쥐페리는 바로 그런 항로 개척 시대의 조종사였고, 해외 우편물을 나르는 일을 하며 전 세계 구석구석을 누볐다. 그는 특히 사막지대를 사랑했는데, 그것은 그가 비행기 조종사가 되어서야 처음으로 보게 된 진풍경이었기 때문이다. 생텍쥐페리는 사막의 땅 위에서 처음 발걸음을 내딛는 기쁨에 매혹되었다.

어쩌면 나는 짐승이건 사람이건 그 무엇도 더럽힌 적이 없는 그 땅 위에 내 발자국을 남긴다는 데 어린애 같은 기쁨을 느꼈는지도 모른다. 어떤 무어인도 그 요새를 공격할 수 없었을 것

이다. 어떤 유럽인도 일찍이 그 지역을 탐험한 적은 없었을 것
이다. 나는 한없이 순결한 그 모래를 손으로 훑어보았다. 나는
그 조개껍데기 가루를 귀중한 황금 가루인 양 한 손에서 다른
손으로 흘려 보내는 최초의 인간이었다. 그리고 그 정적을 깨
뜨린 최초의 인간이었다. 태곳적부터 풀 한 포기 키워낸 적 없
는 그 북극의 빙산 같은 곳에서, 나는 바람에 실려 온 씨앗 한
톨과도 같은 최초 생명의 증거였다. 어느새 별 하나가 반짝이
고 있었다. 나는 그 별을 골똘히 바라보았다. 이 새하얀 지면은
수십만 년 전부터 별들에게만 바쳐져 왔구나 하는 생각이 들었
다. 맑은 하늘 아래 펼쳐진 순결한 식탁보. 그리고 그 식탁보 위,
내게서 15 내지 20미터 정도 되는 곳에서 까만 조약돌을 하나
발견했을 때, 나는 위대한 발견이라도 한 것처럼 가슴이 쿵 내
려앉는 충격을 받았다.

— 앙투안 드 생텍쥐페리, 허희정 옮김, 『인간의 대지』,

펭귄클래식코리아, 2009, 69~70쪽.

최초의 인간이 딛는 첫 번째 발자국, 그가 마침내 다다르
게 된 위대한 발견의 기쁨. 바로 그것이었다. 아무도 밟지 않

은 사막의 모래를 처음으로 밟았을 때, 생텍쥐페리가 느낀
기쁨은 마치 태초의 인간이 지구 상에 최초의 발자국을 내
딛는 순간처럼 가슴 떨리는 체험이었다. 인류의 첫 번째 발
자국을 상상하며 그가 사막 위에 남긴 발걸음은 삶에 대한
사랑, 생명에 대한 사랑, 그리고 사막과 바다와 산맥으로 가
득한 이 지구 자체에 대한 사랑의 은유였다. 사막에 대한 사
랑, 삶에 대한 사랑, 그리고 사막에서 조난당한 사람을 기다
리는 사람들에 대한 사랑의 기록이 바로 『인간의 대지』다.

   얼마 전 나에게 처음으로 '진짜 사막'을 체험해볼 기회가
찾아왔다. 생애 처음으로 가보는 라틴아메리카 기행에서 페
루의 이카 사막에 가보게 된 것이다. 이카 사막은 여러모로
특이한 곳이다. 바다가 매우 가까이에 있고, 광활하게 펼쳐
진 사막 한가운데 커다란 오아시스가 있다. 그리고 그 오아
시스에는 '와카치나'라는 아름다운 이름을 지닌 마을이 있
어 수많은 사람들이 살고 있다. 사막이긴 하지만 사람들이
실제로 살아가는 거주지이기도 하고 관광지이기도 한 것이
다. 그렇다 보니 우리가 '사막' 하면 떠올리는 직관적인 이미
지와 매우 다른 면도 많다. 이카 사막 근처에 도착하자마자
사륜구동 자동차로 질주하는 사막 투어 상품을 알리는 광고

가 즐비하다. 사막의 고즈넉하고 휑뎅그렁한 이미지를 상상
했던 나는 충격을 받았다. 아, 이럴 수가. 사막조차 상업화되
다니. 하지만 그런 걱정을 뒤로하고 '던 버기'라 불리는 사륜
구동차를 타고 사막 위로 질주하니 가슴이 쿵쾅거렸다. 사
륜구동차의 엔진 소리가 너무 크긴 했지만, 그래도 사막은
눈부시게 아름다웠다. 그래, 어쩌면 생텍쥐페리가 말하는
그런 천연 그대로의 사하라 사막은 내가 체험하기엔 너무
멀고 힘든 난코스일 것이다. 나는 평생 오직 도시에서만 살
아왔고, 한라산 등반도 중간에 포기할 정도로 체력이 떨어
지는 사람이니까. 이카 사막은 평범한 사람도, 나처럼 체력
이 약한 사람도 도전할 수 있는 '일상 속에서 경험 가능한 사
막'이었다.

이카 사막의 절경은 해 지는 순간에 절정에 다다른다. 사
륜구동차의 요란한 엔진 소리가 넘치고, 모래언덕 위에서
마치 윈드서핑을 하듯 샌드 보딩Sand Boarding을 즐기는 사람
들의 떠들썩한 환호 소리도 가라앉으면, 어느새 사막에도
저녁노을이 물들기 시작한다. 사막의 황혼, 그것은 도시의
황혼과는 전혀 다른 감동을 전해준다. 빌딩 숲 사이로 해가
저물어갈 때면 온갖 지형지물 때문에 노을도 태양도 원래

모습보다 훨씬 이지러져 보이는데, 사막에서는 거칠 것이
없다. 물끄러미 차분하게 사막의 모래언덕 구석구석을 바라
보고 있으면, 그때부터 사막의 진짜 이미지가 보이기 시작
한다. 엔터테인먼트의 대상으로서의 사막이 아닌, 관광 장
소로서의 사막이 아닌, 그저 있는 그대로의 사막. 그리고 마
침내 생텍쥐페리의 『어린 왕자』나 『인간의 대지』의 아름다
운 사막도 아닌, 그저 내 눈 앞에 펼쳐진 현실 그대로의 사막
이 보이기 시작했다. 사막은 그 자체로 어떤 형용사도 꾸밈
음도 필요 없이 아름다웠다. 하늘을 찌를 것만 같은 마천루
가 없다는 것만으로도, 전쟁 같은 교통 체증이 없다는 것만
으로도, 사막은 기적 같은 평온을 선물해주었다. 인간의 입
장에서는 물이 부족하고, 살기가 어렵다는 점에서 혹독한
생활환경일 수 있겠지만, 자연의 입장에서는 들판도 산맥도
호수도 없는 '여백의 공간'이 필요할지도 모른다는 생각이
들었다.

사막이 선물한
사유의 축복

나는 내 첫 번째 사막, 이카의 추억
이 던 버기 투어와 샌드 보딩으로 가득한 것이 조금 아쉬웠
다. 함께 간 여행자에게 이렇게 말했다. "내가 만약 여행 상
품 기획자라면, '말없이 사막을 걷기', '사막에서 명상이나 요
가하기' 이런 프로그램을 만들 것 같아. 요가나 명상이 어렵
다면, '말없이 사막을 걷기'는 정말 좋지 않아?" 그랬더니 그
는 나에게 퉁명스럽게 대꾸했다. "그러니까 네가 여행 기획
자가 못 되는 거야. 그런 상품이 팔리겠니?" 아쉽지만, 그도
그럴 것 같다. 말없이 사막을 그저 터벅터벅 걷고 싶은 나 같
은 사람이 많지는 않을 것 같다. 하지만 내 마음속 사막은 바
로 그 '말없이 걷기' 속에 비로소 충만하게 존재할 수 있었다.

말없이 걷는 조용한 몸짓 속에서만, 사막은 내게 다정하
게 말을 걸어왔다. 이카 사막은 나에게 속삭였다. 당신의 삶
은 너무 복잡하지 않습니까? 당신의 일상은 너무 많은 스케
줄로 뒤덮여 있지 않습니까? 당신은 감당하기 어려운 삶의
짐을 지고 휘청거리고 있는 것은 아닙니까? 사막은 내게 물
었고, 나는 '그렇다'고 답했다. 사막처럼, 마음을 비울 수는
없는 걸까. 사막처럼, 나는 단출하고, 투명하고, 고요해질 수
는 없는 걸까. 그런 질문을 하는 동안 고뇌의 파도는 가라앉

기 시작했다. 온갖 열망들로 들끓어 오르던 복잡한 마음속
이 호수처럼 잔잔해지기 시작했다. 사막은 그렇게 나에게
삶이라는 거대한 질문을 좀 더 단순하고, 여유롭고, 너그럽
게 바라보는 투명한 시야를 선물해주었다.

　　사막에서 길을 잃고 위험에 처해 있으면서도, 생텍쥐페리
는 바로 그 좌표를 알 수 없는 사막이야말로 그리운 고국처
럼 느껴졌다고 한다. 그는 모래와 별 사이에서 다만 빈 몸으
로 존재하는 그 벌거벗은 느낌이야말로, 인간의 원초적 삶
의 조건임을 깨달았던 것이 아닐까. 단 하루만 더 물을 먹지
못하면 곧 죽을 수도 있는 극한의 상황에서, 고장 난 비행기
말고는 가진 것이 아무것도 없는 상태에서, 생텍쥐페리는
인간의 조건, 존재의 조건, 삶의 조건을 발견한 것이 아닐까.
맨몸으로 이 세상에 맞서는 것이 아니라, 맨몸일지라도 무
언가 가득 찬 존재가 된 것 같은 느낌. 삶의 슬픔과 기쁨, 고
통과 행복을 그 어떤 문명의 보호물도 없이 낱낱이 느낄 수
있다는 느낌. 그 맨발의 삶, 맨몸의 사유를 가능하게 한 것이
바로 사막의 자유가 아니었을까 상상해본다.

이런 식으로 또 한번인가는 빽빽한 모래사막 지역에 불시착하여 새벽을 기다리고 있었다. 황금빛 언덕은 달빛에 빛나는 경사면을 내보이고 있었고, 그늘진 경사면은 빛과 어둠을 나누는 분계선까지 솟아올라 있었다. 그늘과 달빛이 엇갈리는 적막한 작업대 위에는 일을 끝낸 뒤의 평온함과 함정에 도사린 침묵이 흐르고 있었다. 나는 그 함정 속에서 잠이 들었다. 잠에서 깼을 때, 나는 밤하늘 연못 외에는 아무것도 보지 못했다. 왜냐하면 나는 그 별의 수족관을 향해 팔짱을 낀 채 산꼭대기에 누워 있었으니까. 아직 그 깊이가 얼마나 되는지 가늠하지 못한 탓에 현기증이 났다. 그 심연과 나 사이에는 나를 붙들어줄 뿌리 하나, 지붕 하나, 나뭇가지 하나 없었기 때문에 나는 이미 의지할 곳도 없이 잠수부처럼 추락에 몸을 맡긴 상태였다. 하지만 나는 결코 추락하지는 않았다. 나의 머리끝에서 발뒤꿈치까지 땅에 매여 있었고 그렇게 내 무게를 대지에 맡기는 데 일종의 편안함마저 느껴졌다. 중력이 나에게는 사랑처럼 절대적으로 다가왔다. 나는 대지가 내 허리를 받쳐주고 나를 지탱해주고 나를 밤의 우주 속으로 데려가는 것을 느꼈다. 나는 커브를 돌 때 마차에 달라붙게 하는 것과 같은 중력으로 내가 지구에 달라붙어 있음을 알았다. 나는 어깨로 떠받쳐주는 듯한 놀라운 느낌, 든든함과 안전함을 맛보았고, 내 몸뚱이 아래로 내가 탄

배의 굽은 갑판을 느낄 수 있었다.

　— **앙투안 드 생텍쥐페리**, 앞의 책, 71~72쪽.

　조종사로서 사막에 불시착한 경험은 최악의 공포이기도 했지만 작가이기도 했던 생텍쥐페리에게 사막에서의 조난 경험은 커다란 문학적 자산이 되어주었다. 생텍쥐페리는 이렇듯 사막에서 보낸 시간을 인생 자체를 처음부터 다시 시작하는 최고의 성찰의 시간으로 만들고 있다. 별빛의 소나기를 맞으며 사막의 텅 빈 모래벌판에서 잠드는 것은 과연 어떤 기분을 선사할까. 그렇게 아무 장비도 준비도 없이 모래언덕 위에 잠들어 아침을 맞아야 했던 생텍쥐페리는 그 상황을 결코 불행하게 여기지 않는다. 창조적인 사람들은 새롭고 위험천만한 상황에서 언제나 신비롭고 기적 같은 그 무엇을 발견해낸다. 생텍쥐페리에게 사막은 밤하늘에 뜬 수많은 별들의 무리를 '별의 수족관'으로 보이게 했으며, 자신의 허리를 받쳐주는 모래언덕의 중력이 '사랑처럼 절대적으로' 다가오는 기적을 선물해주었다.

문명사회에서는 쉽사리 느끼지 못할 '무無'로부터의 편안함, 사막의 모래언덕만이 가져다주는 든든함, 안전함, 충만함. 그것이 사막이 그에게 선물한 감수성이었다. 나의 이카 사막은 사하라 사막보다는 험하고 다채롭진 않았지만, 초보 사막 여행자인 나에게는 더없이 고마운 사유의 축복을 선물해주었다. 우리나라에서는 1월의 한파가 몰아치는 상황이었는데, 페루의 이카 사막에서는 뜨거운 열기가 휘몰아쳤다. '어휴, 사막도 좋지만 햇살이 뜨거워도 너무 뜨겁다'라는 생각이 드는 순간, 어디선가 바람이 불어왔다. 사막의 열기를 씻어내는 고마운 바람이었다. 모래언덕이 눈에 띄지 않게 아주 조금씩 낮아지는 모습이 보였다. 우리 삶도 저렇게 조금씩, 조금씩, 아주 주의 깊게 눈여겨 관찰하지 않으면 거의 알아볼 수 없을 정도로, 그렇게 천천히 사라져가는 것이 아닐까. 그러니 바로 그 사라짐을 안타까워하기보다는 조금씩 사라지기에 더욱 찬란한 이 순간을 소중히 여겨야 하지 않을까. 사막은 나에게 사라져가는 모든 시간을 소중히 여기는 마음, 사막의 모래바람에 흩어지는 언덕처럼 '덧없이 사라져가는 모든 것들'의 속삭임에 귀를 기울이는 마음을 선물해준다.

페루 이카 사막 ⓒ이승원

그들이고
싶었던
나의
몸부림

아무리 달달 외워도 금세 까먹는 영어 단어가 있는가 하
면 한 번에 가슴에 콕 박혀 불도장처럼 새겨지는 영어 단어
가 있다. 나의 경우 'eccentric'이라는 단어가 그렇다. '중심
center에서 벗어난ex-'이라는 어원을 지닌 이 단어는 '괴짜, 기
인, 별난 사람'이라는 뜻의 명사와 '이상한, 별난, 괴벽스러
운'이라는 의미의 형용사로 쓰인다. 고교 시절 시험공부를
위해 영어 단어를 달달 외울 때 이 단어에 유독 마음이 아팠
다. 중심에서 벗어나면 다 이상하다는 건가? 그럼 중심은 항
상 옳고 표준적인 것인가? 중심에서 벗어난 사람들은 다 별
난 것인가? 그럼 나도 좀 이상한 아인가? 난 중심을 벗어난
삶이 멋져 보이는데. 난 중심을 이탈할 용기가 있을까? 이런
망상을 하며 오랫동안 이 단어를 들여다보곤 했다.

그런데 내 안에는 이중적인 욕망이 함께 자라나고 있었다. 중심으로부터 이탈해 멋진 괴짜가 되고 싶은 마음과 중심을 벗어났을 때 감당해야 할 위험에 대한 공포가 공존하고 있었던 것이다. 예를 들어 사춘기 시절 내가 가장 싫어하는 단어 중의 하나가 '비행 청소년'이었다. 탈선, 불량아, 문제아가 되는 것이 가장 무서웠고 내 동생이나 친구들이 그렇게 될까 봐 걱정했다. 그러는 한편 어른들이 '문제아'라고 부르는 애들이 멋있어 보이기도 했다. 물론 그 시절에는 문제아라고 해야 자율 학습 몇 번 빼먹고 남자 친구 사귀고 공부 좀 안 하는 정도의 가벼운(?) 탈선에 그쳤다. 당시 학생이던 내 눈에 이 세 가지 탈선을 동시에 해내는 애는 대단하게 보이기까지 했다.

괴짜를 동경하면서도 정작 괴짜가 되는 건 두려워하는 심리, 이 소심한 이중인격의 기원에는 『미운 오리 새끼』와 『피노키오의 모험』의 독서 체험이 한몫 톡톡히 했을 것이다. 미운 오리 새끼는 단지 오리처럼 생기지 않았다는 이유로 천대받고 따돌림당했다. 피노키오는 나무 인형 '주제에' 인간을 꿈꾸면서도 '인간답게' 어른들의 교육 방침에 따르지 않는다는 이유로 혹독한 경험을 한다.

윤리적 개인과
비윤리적 집단의 싸움

집단이 개인을 고립시키는 '왕따'
의 대명사인 미운 오리 새끼와 피노키오는 주어진 상황에
대처하는 방식이 매우 다르다. 미운 오리 새끼는 자신을 학
대하는 오리 떼와 자신을 조롱하는 다른 동물들에게 저항하
지 않고 참고 또 참는다. 그리고 제발 자신과 같이 놀아달라
며 집단의 아성에 끈질기게 구애한다. 그러다 마침내 자신
과 똑같이 생긴 백조 무리를 만났을 때 지금껏 고민했던 '다
른 오리들과의 차이'야말로 자신의 우아한 정체성이었음을
깨닫는다. 피노키오는 사뭇 다르다. 피노키오는 이야기 막
바지에 이르도록 좀처럼 안정된 정체성을 보여주지 않는다.
끊임없이 실수하고 유혹에 굴복하고 나약한 스스로를 원망
하기도 한다. 마침내 자신을 만든 아버지 제페토와 함께 상
어 배 속에서 탈출하자 그제야 일시적으로 방황을 멈추고
그토록 원했던 '인간의 세계'로 진입한다.

철저한 왕따 상황에서 독자의 연민을 자극하는 두 캐릭터
는 집단 속에서 한 개인이 정체성을 갖기까지의 과정, 즉 사

회화의 의미를 다시 생각하게 만든다. 흥미로운 것은 미운 오리 새끼와 피노키오의 자아 정체성 찾기 모험을 읽으면서, 정작 '우리' 안에 들어오지 못하면 누구든 쉽게 따돌리고 배제하는 집단의 권력과 횡포를 문제 삼지는 않았다는 점이다. 우리는 따돌림을 당하고 놀림감이 되는 미운 오리 새끼와 피노키오의 불쌍함을 강조하면서 집단의 폭력에 대해서는 눈감았던 게 아닐까? 그러면서 성악설에 기초한 인간관을 무의식적으로 배포해온 것은 아닐까? 이 세상은 나쁜 인간으로 가득 차 있으니 중뿔나지 않게 왕따당하지 않게, 그저 고분고분 '우리'의 울타리로 들어가야 한다면서 말이다.

　가엾은 아기 오리는 어디에 서 있어야 할지, 어디로 가야 할지 알 수가 없었습니다. 아기 오리는 정말 슬펐어요. 자기는 너무나 못생겼고, 오리 농장 전체가 자기를 못살게 굴었으니까요. (…) 오리들은 물고, 닭들은 쫓아다니며 쪼고, 모이 주는 하녀는 발로 걷어찼습니다. 아기 오리는 울타리를 훌쩍 날아 넘어 달려갔어요. 덤불 안에 들어 있던 작은 새가 깜짝 놀라 날아올랐습니다. 내가 너무 못생겨서 저러는 거야, 하고 생각한 아기 오리는 눈을 감은 채 계속 뛰었어요.

 ─ 한스 크리스티안 안데르센, 김서정 옮김, 『안데르센 메르헨』,

   문학과지성사, 2012, 96쪽.

   인간의 본성은 사악하니까, 세상은 험난하고 위험하니까,
착한 인간이 아니라 강한 인간이 되어야 한다는 식의 가정
교육이 팽배하는 세상에서 미운 오리 새끼와 피노키오는 새
로운 의미로 다가온다. 그들은 독특한 개인을 받아주지 않
는 사악한 공동체와 맞서야 하는 처지다. 윤리적 개인과 비
윤리적 집단의 싸움, 그것은 어른이 되어서도 풀리지 않는
문제다. 미운 오리 새끼처럼 '나와 똑같은' 백조 무리가 나타
날 때까지 참고 또 참아야 하나? 피노키오처럼 거짓말하고
일탈하다가 어느 순간 '바른 마음'의 정체를 스스로 깨달아
야 하나? 내가 기억하는 한 '오리 떼가 나쁘다'라든지 '피노
키오를 괴롭히는 존재들이 나쁘다'라고 가르쳐준 어른은 없
었다. 우리가 '그들 중의 하나가 되어서는 안 된다'라는 가르
침도 받아본 적 없다. 두 캐릭터의 처지를 이해하는 것도 중
요하지만 피노키오를 괴롭히는 존재들이나 미운 오리 새끼
를 밀어내는 오리 떼처럼 '되지 않는' 것도 중요하지 않은가.

서로 다른 모양으로
자랄 수는 없을까

안데르센의 『미운 오리 새끼』(1843)와 콜로디의 『피노키오의 모험』(1883)은 100년 넘게 전 세계 어린이들에게 가장 널리 읽힌 동화에 속한다. 이 두 동화는 모두 '교육의 중요성'을 증명하는 전형적인 동화 문법을 따르고 있지만 어른이 되어서도 '진정한 교육이란 무엇인가'를 고민하게 만드는 문제적 텍스트이기도 하다. 나 또한 어린 시절 설움을 딛고 한 마리 우아한 백조로 날아오르는 미운 오리 새끼 이야기에서 감동을 받았고, 천신만고 끝에 꼭두각시 인형에서 진정한 인간으로 거듭나는 피노키오를 보며 박수를 쳤다.

하지만 어른이 되어 다시 생각해보니 박수 칠 일만은 아니다. 다른 오리들처럼 다른 인간들처럼 만드는 것이 교육의 목적일까? 다른 인간과 오리와 똑같지 않더라도, 굳이 백조 떼를 찾지 않더라도, 그저 미운 오리 새끼나 나무 인형인 채로, 미숙하고 부족하지만 여전히 '나다움'을 잃지 않은 채로 어른이 될 수는 없을까?

두 동화는 어린이의 불안한 심리 상태를 매우 효과적으로 묘사한다. 『미운 오리 새끼』는 세상은 '거대한 그들'과 '나약한 나'로 나뉘어 있는 것처럼 느끼는 어린이의 전형적인 공포를, 『피노키오의 모험』은 빨리 어른이 되어 부모님을 만족시키고 싶어 하는 어린이의 조바심과 '다른 아이들'처럼 될 수 없는 자신에 대한 혐오감을 생생하게 형상화한다. 특히 아버지 제페토가 외투를 팔아 자신의 학비를 대는 것을 보고 충격을 받은 피노키오가 빨리 돈을 벌어 아버지를 호강시켜드려야 한다고 생각하는 대목은 언제 읽어도 뭉클하다. 저마다 나는 왜 빨리 자라지 않는지, 어른이 되는 데 왜 이렇게 오래 걸리는지 고민했던 기억이 있을 것이다. 그런 면에서 피노키오의 조급증은 성장 속도에 대한 어린이의 불안을 닮았다. 하지만 어른이 되기 위한 매뉴얼을 되도록 빨리 마스터하는 것이 정말 옳은 것일까?

"오늘 학교에서 읽는 법을 빨리 배워야지. 내일은 쓰는 법을 배울 거야. 내일모레는 숫자 세는 법을 배울 거고. 그럼 내 힘으로 큰돈을 벌겠지. 처음 내 주머니에 들어오는 돈으로 빨리 아빠한테 멋진 모직 외투를 사드리고 싶어. 그런데 내가 모직 외투라고 했나? 아니, 금실 은실로 짜고 보석 단추를 단 외투를 사드려야지. 불쌍한 아빠는 그런 외투를 받을 자격이 있어."

— 카를로 콜로디, 이승수 옮김, 『피노키오의 모험』,

비룡소, 2010, 36쪽.

피노키오의 교육자는 단지 아버지와 학교 선생님이 아니라 그가 가출해서 길 위에서 만난 모든 존재다. 피노키오는 정해진 교육의 한 지점으로 달려가기 때문이 아니라, 수많은 시행착오를 겪는 와중에, 그리고 언뜻 잘못돼 보이는 교육 속에서도 뭔가 배워간다는 점에서 매력적인 캐릭터다. 피노키오는 아버지의 기대에 부응해 모범생이 되려고 무리한 탓에 공부와 학교생활에 지쳐 탈선해버리고 만다. 피노키오의 진정한 변화는 모범생 만들기 프로젝트가 아니라 누군가를 진심으로 사랑하고 가엾게 여기는 태도에서 비롯됐다.

피노키오는 유혹을 참지 못하고 교과서를 팔아 꼭두각시 인형극을 보러 갔다가 꼭두각시를 조종하는 사람에게 잡혀 양고기구이 장작으로 불에 타버릴 위기에 처한다. 피노

키오는 울부짖고 애원하여 간신히 살아나지만 자기 대신 다
른 꼭두각시를 장작으로 쓴다는 말을 듣고 진심을 다해 선
처를 부탁한다. 나무로 만들어진 형제나 다름없는 꼭두각시
가 불타버리도록 내버려 둘 수 없었던 것이다. "그렇다면 제
가 할 일이 뭔지 알고 있어요. 자, 병정 나리들! 저를 묶어서
저 불꽃 속으로 던져버리세요. 제 진정한 친구, 불쌍한 아를
레키노가 저 때문에 죽는 건 옳지 않아요!" 아버지도 선생님
도 가르쳐주지 않았지만 피노키오는 같은 나무로 만들어진
꼭두각시의 고통을 이해했다. 타인의 고통을 자신의 고통처
럼 혹독하게 앓는 과정에서 피노키오는 교과서에서는 배우
기 힘든 훌륭한 가르침을 얻었다.

    한편 미운 오리 새끼는 왕따의 고통을 견디는 방식으로
극기를 택한다. 과연 옳은 방법일까? 미운 오리 새끼인 채로
그들의 일원이 될 수는 없는 것일까? 백조임이 밝혀질 때까
지 기다려야만 할까? 조용히 티 나지 않게 최대한 눈에 띄지
않게? 그런데도 백조임이 증명되지 않는다면? 평생 백조를
만날 기회조차 생기지 않는다면? 미운 오리 새끼는 이런 질
문에 답을 주지 못한다. 그런 점에선 피노키오가 훨씬 매력
적인 대답을 제시하는 것 같다.

유혹에 약해
더 매력적인

어린 시절 나는 이런 고민을 많이 했다. '나는 실수도 많이 하고 거짓말도 많이 했는데 내가 정말 정상적인 어른이 될 수 있을까?' 피노키오가 거짓말을 할 때마다 코가 쭉쭉 늘어나는 모습은 어린 마음에 엄청나게 충격적인 시각적 이미지로 각인됐다. 피노키오처럼 코가 늘어나진 않았지만 마음속에 보이지 않는 푸른 멍이 점점 커지는 것만 같았다. 피노키오는 내게 용기를 주는 존재이기도 했다. 미운 오리 새끼처럼 무작정 참지만 않고 실수도 하고 일탈도 하고 돌이킬 수 없는 실패도 하면서 아름다운 영혼으로 성장하기 때문이다. 나는 '극기의 달인' 미운 오리 새끼보다 '유혹에 약한' 피노키오가 좋다. 피노키오가 요정과의 약속을 어기고 로메오의 유혹에 꼴딱 넘어가는 장면은 언제 보아도 귀엽고 흥미진진하다. 이것이야말로 '어린이의 유토피아'이기 때문이다.

"뭐가 안 된다는 거야, 피노키오! 가지 않으면 후회하게 될 거야. 내 말 믿어. 우리 아이들에게 딱 맞는 그런 나라를 어디 가서 찾겠어? 거기엔 학교가 없어. 선생님도 없고 책도 없어. 그 축복받은 나라에선 공부도 절대 안 해. 목요일엔 학교를 가지 않아. 그런데 일주일이 목요일 여섯 날과 일요일 하루로 이루어져 있어. 방학이 새해 첫날에 시작해서 12월 마지막 날에 끝난다고 생각해봐. 정말 내 마음에 쏙 드는 나라야!"

— **카를로 콜로디, 앞의 책, 142쪽.**

『미운 오리 새끼』와 『피노키오의 모험』은 아주 나쁜 동화일 수도 있다. 아이들에게 계급과 계급, 인종과 인종, 인간과 비인간 사이의 '구별 짓기'를 가르치는 텍스트의 기능을 할 수 있기 때문이다. 어른들은 아이들에게 미운 오리의 인내심이나 피노키오의 고분고분함을 강조하기에 앞서, 미운 오리를 왕따시키는 오리 떼, 피노키오를 '인간이 아니라는 이유'로 괴롭히고 약 올리는 존재들이 얼마나 나쁜 짓을 하고 있는지부터 짚고 넘어가야 하지 않을까?

안데르센의
콤플렉스

『미운 오리 새끼』는 그런 면에서 더욱 문제적이다. 평생을 계급적 열등감과 우월감 사이에서 고민했던 안데르센의 자전적 스토리와 떼어놓고 보기 어려운 텍스트이기 때문이다. 이 동화 자체가 안데르센이 사랑하는 여인에게 보낸 기나긴 연애편지라고 보는 시각이 있을 정도다. 『미운 오리 새끼』는 평생 자신의 재능을 인정받기 위해 온갖 치욕스러운 일들을 감내해야 했던 안데르센의 아름다운 자기기만일지 모른다. 난 평범한 오리가 아니라 우아한 백조였노라고. 그러니까 어리석은 오리 떼의 행패는 전혀 고민할 필요 없는 일이라고. 너희들이 아무리 나를 비난해도 '나는 백조이고 너희는 오리일 뿐이라는 사실'은 변하지 않는다고. 우리는 안데르센의 자전적 스토리를 접할 때마다 '개천의 용'이 처한 근원적 딜레마를 확인한다. 최고의 자리에 올라갈 수는 있지만 최고의 사랑(혹은 인정)을 받을 수는 없을 것만 같은 불안감. 선천적인 용이 아니라 지독하게 노력해야만 간신히 용이 될 수 있는 자의 비애. 평생 혹독한 타인의 시선을 통해 자신을 바라봐야 하는 자의 슬픔.

　『미운 오리 새끼』는 스웨덴의 아름다운 가희 예니 린드에게
보낸 작품이다. 루이스 콜린에게 자서전을 보냈던 것처럼, 자신
을 좀 봐달라는 메시지를 담아서 쓴 글이다. 그때 안데르센은
이미 동화 작가로서 대성공을 거둔 상태였다. (…) 그래서 안데
르센의 마음속에는 태어난 신분은 낮지만 자신의 노력으로 상
류사회에 들어갔다는 만족감이 있었다. "나는 못생긴 아기 오
리였지만 지금은 성공해서 백조가 된 남자랍니다." 안데르센
은 자기에게 관심을 가져달라고 예니 린드에게 동화를 보냈다.
사랑의 운명을 개척하려는 마음이 아기 오리처럼 조금도 없다.
하지만 그것이 안데르센이라는 사람인 걸 어찌하겠는가.

　**— 우라야마 아키토시, 구혜영 옮김, 『어른들을 위한 안데르센 동화』,
베텔스만코리아, 2004, 137~138쪽.**

　그가 백조가 아니고 칠면조이거나 까마귀였다면 혹은 공
작새였다면 어떻게 되는 것인가? 칠면조나 까마귀라면 '백
조보다 못한' 존재이고, 공작새나 독수리라면 '백조보다 나
은' 존재인가? 그러한 종의 위계질서는 누가 정하는가? 그
저 평범한 오리가 아니라 우아하고 고상한 백조가 됨으로써

오리들의 횡포에 복수하는 것이 미운 오리 새끼의 가장 윤리적인 선택일까?

피노키오가 남겨둔
소중한 그림자

피노키오가 그토록 원하던 인간이 된 것은 그의 착한 행동 덕분이었다. 아버지 제페토와 상어 배 속에서 탈출해 사람다운 행동을 하고 그 보답으로 꼭두각시 인형이 아닌 사람이 된 것이다. 하지만 피노키오의 매력은 그가 매일 오류만 저지르다 마지막에 옳은 짓 한 번 하는 전형적인 문제아가 아니라, 실패와 상처와 오류조차 피노키오를 피노키오답게 만드는 소중한 구성 요소라는 데 있다. 실패와 상처와 오류의 반복이 없다면 그것은 이미 피노키오가 아니다.

영화 「인생은 아름다워」를 감독하고 출연한 로베르토 베니니는 『피노키오의 모험』을 영화로 만들고 직접 주연을 맡았다. 그는 훈육이 아닌 아버지의 진정한 사랑이 피노키오를 변화시켰다는 관점을 택했다. 피노키오를 사람처럼 만들려는 노력이 아니라 꼭두각시 인형일지라도 아들을 더없이 사랑하는 아버지 제페토의 진정성이 피노키오를 해방시킨 것 아닐까. 영화의 마지막 장면에서 피에로 복장을 벗어버린 피노키오가 학교로 가는 모습은 마침내 인간으로 길든 피노키오의 미래를 암시한다. 그러나 피노키오는 자신의 그림자만은 교실 안으로 들어오지 못하게 한다. 그림자만큼은 길들지 않은 것이다. 이것이야말로 피노키오가 세상과 화해하면서도 자신의 소중한 내면의 그림자를 남겨두는 방식이다. 우리가 올바른 교육의 패러다임에 담아내지 못한 인간의 개별성이야말로 『피노키오의 모험』이 가진 매혹의 마르지 않는 원천이다.

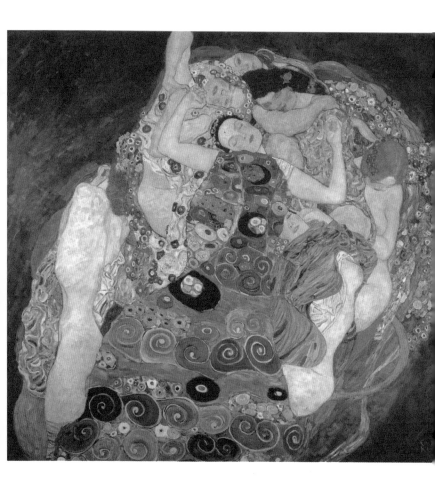

9월의 화가

구스타프
클림트

구스타프 클림트

Gustav Klimt

　　　　　　1862년 빈 근교 바움가르텐에서
태어났다. 1876년 빈 응용미술학교에 입학해 회화 교육을
받았다. 동생 에른스트, 동료 프란츠 마치와 빈 미술사 박물
관과 국립극장 장식화에 참여했다. 1894년 빈 대학 대강당
천장화를 의뢰받아 「철학」, 「의학」, 「법학」을 몇 년간 작업했
는데, 학문과 이성의 위대함이 아니라 고통받는 인간의 운명
을 적나라하게 표현하여 격렬한 비난을 받는다. 1897년 보수
적 미술 단체를 비판하며 '빈 분리파'를 창설하고 초대 회장
을 맡는다. 황금빛 색채와 풍부한 장식성, 관능적 여성상 등
을 추구하며 자신만의 스타일을 완성해갔다. 1918년 뇌졸중
으로 쓰러진 후 사망한다.

와락

꽉 안아주고 싶은, 온몸이 부서지도록

지은이　　　　정여울

2018년 9월 17일 초판 1쇄 발행

책임편집　　　홍보람
기획 · 편집　　선완규 · 안혜련 · 홍보람
기획위원　　　이승원
디자인　　　　형태와내용사이
타이포그래피　심우진 one@simwujin.com

펴낸이　　　　선완규
펴낸곳　　　　천년의상상
등록　　　　　2012년 2월 14일 제2012-000291호
주소　　　　　(03983) 서울시 마포구 동교로45길 26 101호
전화　　　　　(02) 739-9377
팩스　　　　　(02) 739-9379
이메일　　　　imagine1000@naver.com
블로그　　　　blog.naver.com/imagine1000

ISBN　　　　979-11-85811-60-4 03810

우 편 엽 서

보내는 사람

천년의상상
서울시 마포구 동교로45길 26 101호
전화 (02) 739-9377 팩스 (02) 739-9379
이메일 imagine1000@naver.com
블로그 blog.naver.com/imagine1000

0	3	9	8	3

우편요금
수취인 부담

발송유효기간
2018.01.11~2020.01.10
서울마포우체국
제40929호

월간 정여울

당신의 마음에 가닿기 위하여
조용한 공감, 요란하지 않게 서로 소통하기를 원해요.
작가 정여울에게 하고 싶었던 말이나 궁금한 점 등을 보내주세요.

이름

연락처 (이메일 혹은 전화번호) _____